銭湯

福田節郎

書肆侃侃房

もくじ

銭湯　3

Ｍａｘとき　117

装幀　加藤賢策（LABORATORIES）

銭湯

顔もわからない人と待ち合わせるということになれば、自分から声をかける気恥ずかしさを味わわないですむよう、相手よりも先に目的地にたどり着き、身なりの特徴などを伝えて見つけてもらいたい、そう思って二十五分も早く到着するよう段取りをしていたのに、二つ手前の駅を通過したところで「お疲れ様です、改札前にいます、ジャイアンツのユニホームを着ているのでわかると思います」というメールが届いてしまった。

　だいぶ早い到着なので、もしや約束の時間を間違えてしまったのではないかと確かめてみれば、そんなこともなく、向こうが勘違いしているのかもしれないが、「ちなみに着ているのはヨシノブのプロコレクションです！」とまたやってくる。そんな情報は別にいらない、球場の最寄りで待ち合わせているわけでもないのだから、ユニホーム姿の人が他にいるわけもなかろうとおかしくなって、だけど完全受注の四万円ぐらいするプロコレを購入するくらいであれば、筋の通ったファンなのだろうと少し身が引き締まるような思いもする。なんにせよ、こちらを見つけてもらうという目論見は外れてしまったので「了解しました」と返事を送り、しかし試合を見に行くわけでもないのにユニホーム姿とはどういうことなのか、普段から全身をグッズでかためているほどの熱狂的ジャイアンツ信者なのかと思えば、そのテンションについていけるのか、ちょっと心配になるけれど、俺は特に目立つような恰好をしているわけでもないから、わかりやすさという点では圧倒的に向こうが勝っているし、お互いジャイアンツを応援しているというくらいの情報しかないそれに対する配慮だと受け止めることにして待ち合わせの駅で降りると、改札を抜けたすぐのところにキザキさんらしい人を見つけた。けれどもデカくて黒いワイヤレスヘッドホンを装着した頭を左右に小刻みに揺らし、スマートフォンを指でするする滑らせているから声をかけづらく、避けるように南口とあるほうへ歩いてしまう。

　約束までまだ時間はあるので俺もポケットのなかでぐちゃぐちゃに絡まっているイヤホンを解き、iPhone に挿して音楽を聴くふりをしながら、キザキさんが見える位置に突っ立って人間観察がてら様子を窺いつつ、声をかけられそうなタイミングをはかる。この暑い夏の盛りに毛量がかなり多いのか、散髪をお勧めしたくなるボワボワと丸みを帯びて膨張したキザキさんの髪型と縁の黒い眼鏡という組み合わせに「サブカル好き」という先入観を勝手に抱いてしまう。初めて降りたこの駅にそういう人たちが集うイメージはあり、「讀賣巨人軍」という呼称のせいでファンもまた思想的に保守であるとみなされ、ときにはウヨク認定されることもあるそんなチームのユニホームはこの土地にそぐわないのではないか、などとどうでもいいことを考えるが、こうやって離れた場所から見ているのはストーカーのようだから一気に迫ってしまうか、それとも「着きました、どこにいますか?」と白々しいメールを送ってみようか、改札が一か所でなければその手も使えたんだけどなあ、なんて態度を決めかねていると、顔を上げてヘッドホンを首にかけたキザキさんは誰かの姿を認めたらしく、北口のほうから赤いアロハシャツに麦藁帽子の男が近づいてきて二人はがっちりと固い握手を交わした。

なにをしゃべっているのか、ここからでは聞こえないものの懇意な間柄であるらしく、軽くハグなどし、身体をバシバシ叩き合ったりするから久しぶりの再会なのかもしれないが、明るい表情の二人はそのままアロハシャツがやってきたほうへ肩を並べて歩いていく。尾行するように俺も移動して、さっきまでキザキさんがいたあたりで立ち止まり、目で追いかけるとユニホームはメールにあったとおり高橋由伸の背番号24だから間違いなくキザキさんのはずで、それを見れば「♪フィールドセンスを魅せつける～男背番号24～」と俺も大好きだった高橋由伸の応援歌が頭のなかで鳴り響いて瞬間的に感極まったけれど、そのまま二人は一緒に駅前に停まっていたバスに乗り込んでしまった。そして彼らを待っていたかのように乗車口は閉まってバスは動き出す。

あれ、なんで、なんで行っちゃうんだよ、と俺は呆然として、いやでも、まだ待ち合わせまで十五分とかそれくらいの猶予はいちおうあり、その間に何らかの用事をこなすのではないかと思うだけ思って、だけど普通に考えてそんなことはありえそうもなく、あの様子を見れば二人揃ってなにか楽しい時間を過ごしに出かけたと考えるほうが自然で、であれば、俺は約束を反故にされたことになるわけだから、は?どうなってんだよ、意味わかんないんだけど、マジで意味わかんないんだけど、と沸き立つ怒りはけれども、初対面で事前情報もほとんどない人と関わらなくて済んだという安心に封じ込められ、でも俺は本来キザキさんと会うはずだった平井さんの代役であって、それを務めるかわりに七万円もらうという変な約束をしていた。しかも押し付けられるように前金の二万円をすでに受け取ってしまっているから、頼まれた役割を果たせないそれはどうなっちゃうのか、という懸念はしかし先方がいきなりどっか行っちゃったんだからどうしようもない、俺の側に非はまったくない。それでもなんらかの連絡は来るかもしれないから、ひとまずここいらで待機し、約束の時間になっても音沙汰がないようであれば、初めて降りた、いい雰囲気の酒場が沢山あるらしいこの街を散策して、どこかで飲みながら事の次第を平井さんに報告しようと気持ちを切り替えれば、あの、水上さんですか、と背後から声をかけられるので、ふええっ！と大げさな声を出してしまう。振り返れば女性だし、ジャイアンツのユニホームも着ていないから、キザキさんではたぶんない。

「え、あ、あ、はい、水上、ですけど」

「あーよかった、当たったー」

「当たった？」

「うん、完全に勘だったからね、今日も今日とて私は冴えてんなあ」

「勘？」

「あー、あの、きーちゃん、いや、キザキくんと待ち合わせっすよね？」

「そういうことになってる、はず、だと思うんですけど」

「いやいや突然すいませんねー、なんか、きーちゃん急用ができちゃったらしくてー」

肩の上でピシっと切り揃えられた金髪にところどころ赤や緑のメッシュが入っている女性はへ

らへら笑って、ま、いろいろアレなんで、ね、ちょっと飲みながら話しましょうか、飲まないと人と話せないんで酒買ってきますね、とつかめないことを早口で言って、小走りで改札横のコンビニへ入った。これはいったい、どういう展開になっているのか、これもまた平井さんの企みなのだろうか、さっぱり見当もつかないが、平井さんの依頼自体がそもそもおかしいのだから、今のところは大人しく流されておこうと突っ立って待っていれば女性はちゃんと戻ってきてくれて、氷結とスーパードライ、どっちがいいすか、と両手に持った缶をこちらへ向けてくる。じゃあ氷結で、どうぞ、俺は差し出された氷結のグレープフルーツを受け取ると、でもさすがに改札前はアレなんで、あっちで飲みましょ、と歩く女性について行く南口駅前の車寄せには座って飲んでいる人がちらほらいるし、カーテンの開いた証明写真機に腰かけて飲んでいる、というか酒を持ったまままたぶん眠っている人までいる。少し離れたところに交番もあるこちらのほうがアレなんじゃないかと思ってしまうが、空いている車寄せに女性は腰かけ、俺はただその前に立ち、だけど飲むことについてはやぶさかでないという気持ちを示すため先にプルタブを引き上げる。おし、乾杯しましょ、なんの乾杯かはしらんけど、女性も苦笑いで缶を持ち上げたから、お疲れっす、と意味のないことを言って缶を軽くぶつける。

「えーと、あれ、きーちゃんとは結局しゃべってないんですよね？」

「はい、キザキさんらしい人は見たけど、声かけようと思ったら、なんか知り合いっぽい人と話しはじめて、なぜかそのままバスに乗っちゃって」

「はいはい、ヤナギさんね、アロハシャツでしょ」

「アロハシャツっす」

「ヤナギさんってね、ホントはコヤナギっていうんだけど、ダサいからヤナギって呼んでくれって言うわけ、面白いっしょ」

「はあ」

「ヤナギさんは植木屋っていうか、庭師？みたいな、とにかくそっち関係の仕事してて、いちおう社長で、ロックンロールガーデンっていう会社の名前もウケるけど、バンドもやってんのよ、バンド名は忘れたけど、だいぶ激しめの感じで、ハードコアっていうのかなあ、もちろんガッツリ刺青も入ってんだけど、でもめちゃくちゃいい人だし、もし会うときがあったらね、なにかにつけてロックンロール！って言ってくるから、ロックンロール！って返せばそれで仲良くなれるよ」

「ロックンロールね、了解」

「ヤナギさんは一年中アロハでさあ、冬でも革ジャンとかロングコートの下にアロハシャツ着てんの、そんなの普通はどう考えてもダサくなっちゃうのに、ヤナギさんだと全然しっくりくるからすごいなあって思うよね、服装以前にそもそもがかっこいい顔してるってのもあるけど、マジでめちゃくちゃイカした人だよ」

　もしや今日これからの俺が共有しておくべきことなのか、ヤナギさん情報をべらべらと楽しげに披露したかと思えば、一息置くようにスーパードライをぐっと飲んで女性は、あー、でもなあ、となんだか投げやりにもらす。それがどういう気持ちの落差なのか予想もつかないが、俺は自分からこの状況に関する質問をしようとはまったく思わないから氷結をただ飲む。女性の白いＴシャツには忍法を唱えるときにイメージされる両手の組み方（ニン！）をイラスト化したものがデカデカとプリントされていてかなりダサく、でも大勢でこのＴシャツを着ながら同じポーズを取って写真など撮ればそれなりに盛り上がるのではないかなんて、だったらどうなんだということを考えるついでに、小学校二年生の文化祭は「ファッションショー」と題され、各々が警察官とか消防士とかお嫁さんとかケーキ屋さんなどの装いを作ってステージに立ったそのとき、俺とクラスメイトのリョウちゃんは忍者だったことを思い出す。黒いゴミ袋を忍び装束に見立て、段ボールを刀の形に切ってアルミホイルを巻いたものを背負い、体育館の舞台袖から登場して俺たちは折り紙で作った手裏剣を投げるなどしたのだった。当時担任だった山村先生は卒業アルバムに「忍者の衣装を忘れて泣き出したＲ」とリョウちゃんのことを記していて、当日に慌ててクラスメイトの力を借りて拵えたのだったなあ、などと女性の「ニン！」Ｔシャツを見なければ死ぬまで振り返ることはなかったかもしれない三十年近くも昔の出来事をしみじみ思い出すが、でもヤナギさんね、女癖だけはマジでクソなんだよ、それだけはホント終わってんだよね……と吐き捨てるように言って、まだヤナギさんだ。口ぶりからして、その迷惑をこの人もこうむっているのか、それでも会って数分というわずかな時間でのヤナギさん推しは愛情の現れだったりするのか。ヤナギさん、そんなに女癖悪いんすか、なんてもちろん聞いたりはしないものの、それからお互い黙って酒を飲む時間がやってきて、そのうち俺の氷結は空になるし、女性も缶をべこべこ鳴らすからとっくになくなっていて、全然知らない人とわけもわからず不穏な感じになっているふうだから、酒買ってきますよ、ビールでいいすか、俺は問えば、あ、いい、いいよ、せっかくだからそこで飲もう、景気づけに刺身でも食べちゃおうよ、と車寄せから腰を上げる女性が指さすビルの二階に飲み屋があるらしい。

「顕微鏡のケンでアキラです」

「ミズカミアキラって、響きがなんか漫画の登場人物っぽくない？」

「そうすか？言われたことないけど」

「うん、なかなか主人公感あるよ、よかったじゃん、おめでとう」

「どうも」

「でもケンビキョーのケンって、たぶん書けないな」

「まあ書く機会ないよね」

「ビは微妙の微？キョウは鏡か、つうか、ケンビキョー以外になんかないの」

「確実に顕微鏡が一番メジャーだと思うけど、あとはケンゲンとかケンザイとか？」

「なにそれどういう意味」

「さあ、見えるっていうか、なんか表面化するみたいなことじゃないの」

「よくわかんないけど、頭いいふうの漢字ってことか」

「頭いいふうの漢字ってなに」

「じゃあアキラくんはいい大学とか出てんの？」

「いちおう大卒だけど、めっちゃ頭悪いですよ」

「それは大学が？　それともアキラくん自身が？」

「大学もそうだし、俺自身も」

「偏差値いくつよ」

「さあ、42とかじゃないすか、しらんけど」

「42ってだいぶ低いんじゃね？　私もしらんけど」

　連れられて入った居酒屋は「水産」とついているから海鮮を売りにしているらしく、そういうネーミングのチェーン店はいくつかあり、だけどこの水産は初めてだったが、とりあえずの生ビールだけではなく刺身盛り合わせ、トマトスライス、梅水晶、以上で、と女性は俺の意向を確認したりせず、淀みなく注文を告げた。俺はもう一品くらいほしいというか、トマトスライスと梅水晶はどっちかでよく、アジフライとかタコのから揚げとかメンチカツとか脂っぽいものを加えてもらいたかったけれど、生ビールがくればまた改めて乾杯し、お互い一息で三分の一近くを飲み干したところで、えーと、水上くんは、水上なにくんなの、と下の名を問われる。答えれば「アキラくん」とさっそく呼ばれる女性の名前を知らないのは妙な感じがするし、ほんで、水上くんはその偏差値42の大学でなにを成し遂げたの、と呼び名はすぐに戻りながらも質問は続くから面接みたいだとちょっとウケる。

　えー、文学部で、いちおう日本文学科だったんですけど、それは国語がやや得意だったってだけで、文学とかに興味も別にないし、普段本とかまったく読まないし、授業にもあんまり出てないし、卒論もほとんどコピペみたいな感じで、もっぱらバイトとサークル活動に勤しんでいました、と俺は質問に素直に答えて、これが本当に面接だったら採用の見込みはまったくないだろうが、あれでしょ、サークルって、ヤリサーみたいなやつでしょ？やらしいなあ、などと嬉しそうだから面接側もひどいものだ。そんなんじゃなくて、いちおう音楽系のサークルで、ヤリサーではまったくありません、サークル関係の人とは一度もヤッたことはありません、俺は重ねて事実を持って応じれば、なに系の音楽なん？と問いはまた続いて、キザキさんの話からどんどん逸れていくというか、まだなにもはじまっていない。もう別にどうだってよくなってはいるけれど、なに系っていうか、一言で説明するのは難しいけど、え、つうか、この話まだする？と念のため聞いてみるのは、俺が所属していたのは「退屈研究会」、通称「タイケン」という名前からして頭の悪いサークルで、部室は他の音楽団体と同じ階にあったし、ホームページのサークル紹介でもそのように区分されてはいたものの、ほとんど演奏なんかしていなかったからだ。まあしょうがないから聞いてあげるよ、これと言って特に話題もないからね、女性は上から目線で言って、いや色々あるだろ、そもそもこうやって差し向かいで飲んでいること自体がかなり謎だろ、とつっこみたい気持ちを抑えながら、退屈研究会っていうサークルだったんすけどね、俺は話をはじめてみる。

「退屈研究会？なにそれ、音楽サークルじゃないの」

「実際のところ音楽じゃないっすね、部室でファミコンとかトランプやったり、酒飲んだり鍋を食ったり、大学の敷地でおにごっこしたりとか、そんな感じなんで」

「おにごっこって、小学生かよ」

「麻雀とかもね、あとは頭いい大学の授業に潜り込んだりとか」

「待て待て、音楽はどこいった」

「だから全然やってないの」

「いま音楽サークルって言ったじゃん、記憶喪失なの？」

「いや、だから、説明すんのはアレなんだけど、もともとはちゃんとした音楽サークルで、ローリング・ストーン部っていう名前で、だから部室に機材はあったけど、もろもろあって退屈研究会になっちゃった、みたいな」

「ローリング・ストーン部もかなりバカだけど、なんで退屈になったんよ」

「マジで聞きます？そんな面白い話じゃないよ？」

「いいから早く言えってば」

　俺を威圧するように生ビールをぐっと飲み干して女性はおかわりくださーい！と呼びかけるから、二つで！と先に伝えてからこちらもジョッキを空にする。梅水晶、トマトスライスとともに二杯目がやってくれば、おい水上、どうして退屈になっちゃったんだ、吐いたら楽になるぞ、いいからとっとと話しやがれ、なんて取り調べする刑事みたいに迫られ、でも人に聞かせるような話では本当にないのだが、まあ別に誰かのプライバシーにかかわることでもないし、万が一ウケるかもしれないと思って俺は退屈研究会はのう、かつてはローリング・ストーン部と呼ばれていたのじゃが……などと村の長老ふうに切り出してみる。そういうのマジでいらないから、事実だけ簡潔に伝えて、と女性はにべもないが、俺がかつて所属していた退屈研究会の前身だったローリング・ストーン部は「部」扱いだから、有象無象の同好会・愛好会よりも格上だった。それは大学設立間もない頃に誕生したその恩恵だったようで、有名ではないにせよ、ググれば名前が出るようなミュージシャンも輩出しているらしいが、とにかく部であれば文化祭をはじめ、定期的に校内・校外でライブを行うなど真っ当に活動していたのだろうローリング・ストーン部が部室でダラダラしているだけの退屈研究会になってしまったそのきっかけとなったのは、俺は会ったことはないけれど、「ワシオさん世代」と名前だけは伝わっているその人たちの悪行のせいだった。

　ある夜、違法薬物をキメながら部室でセッションに興じていたワシオさんたちはジミヘンよろしくギターを燃やしたという。幸いにもボヤ騒ぎで済み、部室棟がひどく焼けてしまうような事態にはならなかったが、薬物使用との合わせ技ともなればかなりの大ごとになるはずで、有名大学の強豪運動部のように部員の将来がかかっているわけでもないのだから、ローリング・ストーン部は当然廃部を免れないだろうに、実際の処罰は一年間の活動停止と「部」から同好会への降格だった。それで「退屈研究会」という新たな名で再開したのが九十年代中頃で、どうしてまたそんな珍奇な名前になったのか、そもそもなぜ廃部せずに存続できたのか、そういう情報がまるで伝わっていないのは、退屈研究会には「卒業後、ＯＢ・ＯＧは部室に顔を出してはならない、もちろん飲み会にも参加してはいけない、部を離れたあらゆる場所で在学生と関わってはならない」という鉄の掟があるからだった。

　それは退屈研究会のユルい活動内容にはまるでそぐわない徹底のされようで、部室の扉には「ＯＢ・ＯＧは射殺」などとだいぶ物騒なことが書かれた紙がまるで化け物を封印する札のように何十枚も貼ってあった。決して「謝絶」の誤りではなくあくまで「射殺」で、新年の活動はその紙を書いて貼ることからはじまる。卒業式ともなれば、他のサークルは去りゆく先輩たちに記念品や花束を渡し、胴上げなどして盛大に祝い、最後は追い出し会という名目の飲み会で締めくくるようだったけれど、俺たちは両膝をついた姿勢で「卒業したからには死ぬまで退屈研究会には関わらない」旨の宣誓を大声で発してのち、回れ右！という後輩の容赦ない号令の下、そのまま振り向くことすら許されず、節分の鬼のように豆を投げられながら四つん這いになって母校を出て行くという儀式まで用意されていた。長きにわたって部室の弛緩しきった空気で過ごしたその最後の最後で一気に上官と人権のない新兵のような関係に貶められるそのダイナミズムが功を奏した（？）のか、俺が過ごした四年間で一人としてＯＢ・ＯＧに会ったことはないどころか、「○○さんという人がいてね」という逸話すら聞いていない。また壮絶な卒業式の儀式が尾を引くのか、卒業したもの同士であれば関りを持つことに問題はないはずなのに、退屈研究会を離れた個人的な付き合いも同時に絶たれてしまうようなところがおおいにあって、それはそれはさびしいことではあったけれど、本当に「ワシオさん世代」という名前とその悪行だけが伝わるのみで、歴史から消されるように再出発や部名変更に関する詳細はまったく知らされていなかった。

　そこまで徹底するのなら「ワシオさん世代」に関する事柄を後の世代へ正確に伝授するほうが正しい気がして（それにどういう意味があるのかは知らないが）、本当に「ワシオさん世代」などという人たちがいたのかすら怪しく、もっと重大な秘密が隠されているのかもしれないけれど、部室にアンプやドラムセットやＰＡなど演奏環境が一式揃っているのはローリング・ストーン部の名残らしかった。再開した直後はそれまでのように音楽サークルを志向していたものの、「ワシオさん世代」が犯した罪の後ろめたさもあって積極的に活動することが憚られ、結果的に機材だけが残ったのかもしれないが、ファミコンや麻雀と同じように退屈しのぎの意味で楽器を弾く連中もいた。入学直後のサークル紹介でも先輩たちは楽器を持って現れ、設置されているアンプにシールドをつないだから、退屈研究会というふざけた名前でもちゃんとした音楽団体なのかと思ったけれど、サウンドチェックなどせず、マイクの前に立った当時の部長はえー、皆さんご機嫌いかがですか、僕たちは退屈研究会です、よろしくお願いしまーす、えー、活動内容はですね、特に定まっていませんので、お暇な方がいらっしゃいましたら、いつでも部室までお越しください、なんとなく歓迎します、しないかもしれません、あ、あと、いま麻雀の点数計算ができる人を募集しているので、わかる人が入ってくれたら嬉しいです、ではまた、どうか素敵な大学生活をお送りください、などとあやふやな挨拶をするだけで一音も鳴らさずに去っていった。そのわけのわからなさに十八歳の俺はなにかとんでもないものを見てしまったような勘違いをして、幸いにも麻雀の点数計算ができたこともあり、残るサークル紹介を見ないで追いかけるように部室に向かい、「OB・OGは射殺」の扉を臆することなく叩き、さっそくじゃらじゃら牌をかき回すことになった。すぐにただのどうしようもない連中の集まりだとわかったが、そうであるからこそ自分にとってこれ以上ない居場所になったわけで、俺のように毎年何人かはたどり着いてしまう仲間とともにその空気にすっかり馴染んでしまい、儀式で追い出されるまでは部室に入り浸るようになった。

というようなことを説明しながら俺は、もう長いこと音信不通になっているタイケン同期の長坂、藤井くん、マッチ、イトーちゃんのことを思い浮かべ、近いうちに電話でもしてみようか、いっそのこと忘年会でも企画してみようかと考えたりしているあいだに刺身の盛り合わせがやってくると、ブリもサーモンもイカもサービスらしいマグロの脳天も醤油はつけずに梅水晶と一緒に口に放り込む女性はやはり俺の話に大した興味もないのか、なにか問いかけてくるわけでもなく、へー、はあー、ふうん、そうなんだ、はいはい、と軽い合槌を打つだけだった。

　完全に内輪ノリの閉じた集団だったので、そこにいなかった人でも笑えるようなエピソードもなく、さっきヤリサーのくだりで言ったようにサークル内の色恋沙汰にも無縁だったゆえ、そういう方面の話題も提供できず、それでまあ、とにかく退屈研究会ってのはそういう感じだったんですよね、と無理やりに話を切り上げようとすれば、なるほどねえ、と相変わらず気のない返事のあとに、っていうか水上くんさ、さっきからずっと思ってたんだけど、誰かに似てるって言われたりしない？なんて流れとはいっさい関係ない質問が飛んでくる。今までの話をテキトーに聞き流しながら俺に似ているらしい誰かのことをずっと考えていたらしく、促されてあれこれしゃべったそれが蔑ろにされたようで軽いむなしさを感じながらも特にないっすね、とこれまで通り正直に答える。えー、でも、絶対誰かに似てる、似てるっていうか、そっくりさんレベルだと思うんだけどなあ……と女性はどうにも納得いかないといった様子で顔をしかめるけれど、親子でなければ詐欺であるというくらいに父と瓜二つというそれだけで、世間的に有名な誰かに似ていると言われたことはない。まさか父と接点があるなんてことはいくらなんでもないはずだが、俺なんかよりも交友関係がずっと広くて年下の友人も相当いるみたいだし、最近は再婚を視野に入れてマッチングアプリにも手を出しているらしいから、ひょっとするとひょっとするかもしれないと少し怖くなるけれど、お願いしまーす、女性は店員を呼び、相変わらずの生ビールを頼んでから、すいません、いきなり変なこと聞いちゃいますけど、この人って誰かに似てると思いませんか、と俺を指さしつつ話をふる。

「え」

「あー、ごめんね、なんかさっきからこの人が誰かにめちゃ似てんなーってずっと思ってて、けど本人はそういうこと言われたことないらしくて、でも絶対に似てる誰かがいるはずで、すごい気になってて、だから聞いてみましたって、そういう感じなんだけど」

「えー、誰だろ」

「よく見て、しっかり見て」

「えー、んー、うーん？なんか、あー、いや、どうだろ、んー」

「見覚えあったりしない？」

「あの、一人だけ、もしかしたら似てるかも、っていう人が思い浮かぶんですけど……」

「だれだれ」

「あー、でもどうだろ、やっぱりそんなでもない、かなあ」

「そんなでもなくていいから教えてよ」

「でもあの、普通に全然、似てて嬉しいみたいな人じゃないっていうか、むしろディスってるみたいな感じになっちゃうんですけど」

「へーきだから教えて」

女性は即答すると、大丈夫ですか、と俺のほうを申し訳なさそうに見てくる店員が着ているえんじ色のTシャツに付いている名札には「夢は世界5周！コウジ！」と自己紹介がある。1周ではなく5周ですか、壮大な夢っすね、とかつっこみたくなる俺も誰に似ているのか気にはなるので、いいっすよ、と了承すれば、なんか、あの、思ったのは、マジでアレなんですけど、タキオカヒロトなんですよね、すいません、とか謝られるものの、そんな名前に聞き覚えはない。タキオカヒロトって誰？とそれは女性も同じだったから、そこまでの有名人ではないみたいだが、あれ、知らないすか、タキオカヒロトは保険金殺人の指名手配犯で、越谷だったか浦和だったか忘れましたけど、とりあえず栃木で三、四人殺して、もう八年くらいつかまってないヤベー奴なんすけど……と店員コウジさんは気まずそうに言って、それはそうだろう。っていうか越谷も浦和も埼玉だが、犯罪者に似ていると評されて嬉しいわけがないし、躊躇したのを無理に聞き出した女性もリアクションの取り様がなく、どう話を続ければいいのかわからない変な間が流れる。ちょっと似ているという話だが、よほど関心がない限りは指名手配犯の顔なんか記憶に残るようには思えず、俺を見てそれが呼び起こされるなら、かなり似ていることになってしまわないか。いや、もしかしたらこの人はたまたま犯罪者マニアで、だから強く印象に残っているのかもしれず、であれば、むしろ似ていることの証明になってしまうわけで、なんにせよ喜ばしいことではまったくないけれど、怖いもの見たさでタキオカヒロトをググってみたくなる。あ、生ビールですね、いまお持ち致します、と逃げるように注文を復唱して去っていくコウジさんの背に、レモンサワーもください！と俺は投げかければ、……え、水上くんって、凶悪犯罪者だったの、などと女性は不安げな声を出す。わざとやっているのはわかっていながら、ちげーよ、つうかタキオカとかって言ってたじゃんよ、さすがに少し苛ついて抗議すると、いやでも詐欺師だったら偽名かもしれないじゃん、などとかなり失礼なことを言って、しかしすぐにごめんごめん、冗談だよと打ち消したけれど、でもホントに、どっかで見たことあるっていうか、むしろ会ったことある感がするんだよなー、とやはり俺の顔がひっかかるようで、思い出せないのがそんなに悔しいのか、唇をむっと結んで黙る。

　そこまでのことならと俺もより深く記憶をたどって、誰かに似ていると言われた経験が本当になかったか考えてみるけれど、やっぱり思い浮かばないし、自分でも父にしか似ていないと思う。顔を分析して似ている有名人を教えてくれるアプリでも試してみたらいいのだろうか。十数年前に亡くなった祖父はかなり整った顔立ちで、古い写真を見れば昭和のスターのような風格があるその系譜は叔父に受け継がれ、お前は運が悪かったね、仙太郎さん経由だったらさぞかしモテただろうにね、とか父は言ってくる。同じ顔をしている息子にそれを言うなよと思うが、だけどあの顔が絶えるのは残念だよなあ、身内びいき抜きで男前だったもんなあ、などと子のいない叔父で祖父顔の系統が途絶えることを惜しんでもいるらしく、それは祖父を思わせる顔つきの人が絶えることで祖父が本当にいなくなってしまうみたいな気持ちだったりするのだろうか。だとすれば、自分と瓜二つである俺にもまた自分の顔の系譜を残してほしいと感じているのか、あるいは、ただただ顔の良さだけが関心事で本当にもったいないと感じており、自分の顔にそこまでの価値はないと思っているのか。いずれにせよ俺も子供を持つことはないだろうから、父の顔の系譜も終わることになり、そして俺の顔もまた終わるのだといま初めて気づいて特に寂しいとも思わないけれど、店員コウジさんが腫れ物に触るようにしずしずと持ってきた酒を一口、二口飲んで、なんかアレじゃないすか、別に有名人とかじゃなくて、知ってる人とキャラがかぶってるとか、雰囲気が似てるみたいなことなんじゃないの、と思い付きで言ってみると、でも会って数十分だし、私は水上くんのことなんか全然知らないよ、と女性は冷静に言うのは確かにその通りで、だけど重要なのは時間や情報じゃなくて印象じゃないのかと思うそれは言わないでおく。

「けど、ひょっとしたら、水上くんが言ったみたいなことなのかもね、前世で会ってるとかさあ」

「いきなりスピリチュアルな話になった」

「あー、大丈夫、宗教の勧誘とかじゃないから、私は無宗教だし、どっちかっていうと神はみんな死ねとか思ってるから」

「無宗教なのに神はみんな死ねって思ってんの、おかしくない？」

「なんでよ」

「いやだってそれ、神みたいなのがいると思ってて、そいつに死んでほしいわけでしょ」

「は？信じたい宗教がないっていうことと、神がいると思うかどうかって全然関係なくない？私はいてもいなくても死ねって思ってんだけど」

「あー、そうっすね」

「そうだよね？」

「水上くん、さては頭悪いっしょ」

「偏差値42なんで……」

「私は頭悪いですごめんなさい、って言ってくれたら許す」

「えー、私は頭悪いですごめんなさい」

「許す」

「どうも」

「まあさ、神はどうでもいいんだけど、私ね、一昨年だったかな、前世見てもらったことあんのよね」

「……あの、宗教の勧誘ですか？」

「違うっての」

「前世なんかどうやって見てもらうんよ、霊能力者的な？」

「まさにそうなんよ、今はもうなくなっちゃったけど、人生で一番好きっていうくらいよく飲んでて、友達もいっぱいいた店があって、そこに自称霊能力者が来てさあ」

その大切な酒場のことがよぎったのか、言葉の終わりにしみじみとした余韻を残して女性はジョッキをつかんで持ち上げ、しかし飲まず、そのままテーブルに戻した。行きつけというほどの場所を持っていないし、基本的にチェーン店しか利用しない俺は飲みながらそこにいる店員や客とコミュニケーションが生まれることはほぼなく、霊能力者と会ったことなんかもちろんないが、ほいでさあ、そのときいた四、五人ね、みんな前世を見てもらったわけ、一杯おごるからって言って、信じる信じないは別にそのほうが面白いからなんだけど、そんで、その前世を見る方法が謎っていうか、だいぶキモいんだけど、霊能力者が目をつぶって、見てもらいたい人がその人の瞼をさわさわ撫でなきゃいけないわけよ、いい年したおっさんだからさ、おっさんの瞼なんかさわりたくないし、しかもあり得ないくらいガッサガサで、なんか砂みたいな壁あるじゃん、マジであんな感じだったんだけど、まあとにかくみんなで言われたとおりに瞼さわってね、したら、あー、見えます、見えます、見えてきましたー、とか言うわけ、んで、なんかめちゃくちゃ人を刀で殺しまくってるヤバい侍だったり、鹿だったり、ってか、そうだよ、きーちゃんもいたんだよ、しかもきーちゃんの前世が最高でさ、神社行くと入口らへんで手を洗うじゃん？そこにある水を汲むやつ、なんていうんだっけ、おしゃく？だっけ、忘れたけど、とにかくきーちゃんの前世はそれだったらしくて、道具じゃん！生きてすらないじゃん！ってみんなでめちゃウケたんよね、きーちゃんも別に怒ったりしなくて、冬は水が冷たくて嫌だったねーとか笑ってたけど、したら霊能力者がさ、ドーゲンとかいう人だったんだけど、すべてのものには命があって、形がうしなわれたときにまた生まれ変わるのです、あなたたちが持っているコップも、このお皿も飲んでいる酒もみなそうです、それが輪廻転生です、みたいなこと言うから、なんかしらけちゃったんだけど、でもめちゃいい話でしょ？と女性は霊能力者の発言だけ厳かになるから芸が細かいが、ようやくキザキさんが話に帰ってくる。

　確かに前世が神社にある柄杓だなんて笑えるし、能力者がそれを望むものに働きかけるのが一般的であるような気がするのに瞼を撫でられるという受動的な方法であることも興味深くて、本物の霊能力者かどうかはさておき、それはその人の性癖なんじゃないのかと思ったりしながら、いい話っすね、と同意すれば、しかもさらにウケるのがさー、私はね、前世のきーちゃんが置いてあった神社の神主っていうの？なんかとにかく、神社にいる人だっていうから、え、じゃあ前世で会ってたんじゃん！つうか、私きーちゃんのこと洗ったりとかしてたんじゃね、ってなって、いや、なんで俺が道具でサカナが人間なんだよ、とかきーちゃんは言って、もうみんなでめっちゃ笑ってさあ、あれ、ホントに楽しかったなー、なんてもう二度と訪れない時間を懐かしむようになんだか泣きそうな顔で笑って、今のキザキさんのセリフらしい「サカナ」というそれが女性の名前というか、あだ名であるらしい。魚が人間というなら二重の意味で面白いけれど、まあだからさ、前世の水上くんと会ってたりしてもおかしくはないわけだよね、と真面目な顔で言うサカナさんに、その自称霊能力者を信じているのかなんて野暮なことを聞きたくなってしまうがやめておく。

「そうかもしれないっすね」

「あー、さては前世とかバカだなーとか思ってたんでしょ」

「バカとか思わないけど、特に興味もないな」

「なんだったらいいとか、そういうのもないの」

「うん、なんでもいい、生まれ変わっても記憶が残るならまた別だけど」

「ヒトデでもいいの」

「全然いいっしょ、とりあえず生きてるし」

「お、いま間接的にきーちゃんディスったね」

「ディスってないけど、ってか、キザキさんなんかあったんすか？」

「さあ、全然わかんないけど、なんかしらあったんだろうねー」

　自分から問いかけることはしないという個人的なルールを放棄したつもりはなかったが、流れでつい聞いてしまえば、ごまかす感じではなく、むしろ少し心配するようにサカナさんは答える。いやいや、あなたも知らないのかよ、急用がどうとかって話じゃなかったのかよと言いたくなるのを抑えて、俺もキザキさんと同じジャイアンツファンなんですと唐突に共通点を発表してみると、マジかー、ないわー、と呆れたようなリアクションはアンチ巨人なのか。とりあえずこの流れであれこれ探ってみようと思って、キザキさんって、キザキなにさんなんですか、といま面と向かっているサカナさんの名前もわかっていない俺がそれを聞くのもおかしいけれど、聞こえていないわけはないのにそれをスルーしてサカナさんは顔を隠すようにメニューを眺める。キザキさんの話はしたくないのか、あるいは自分の話はするなとキザキさんに言われているのか、意図はつかめないが、なにか連絡が届いていないものかとiPhoneを確認すると、「ついた、一番乗りだ」「先入っててい い？」「つうかお前ら遅過ぎだろ」「もう先入ってるわ」「入った、飲んじゃうぞ」「誰でもいいから早くこいよー」と矢崎からグループＬＩＮＥにメッセージが小刻みに届いている。まだ誰も反応はしていないが、こいつはまた勘違いしているのかとおかしくなりながら「来週だぞ」と返事を送ってやれば瞬時に既読がついて、そのまま画面を見ていると矢崎が愛用している横山光輝『三国志』の司馬懿が「待て　あわてるな　これは孔明の　罠だ」と疑心暗鬼に陥っているスタンプが三連続で届く。なにが孔明の罠だよ、お前が勝手に間違っただけじゃないかよとウケてしまえば、なにニヤニヤしてんの、気持ち悪いんだけど、とサカナさんの声は冷たい。

「別になんでもない」

「もしかして、きーちゃんから連絡あったの」

「違うよ」

「じゃあ誰、言って」

「なんでそんな詰問する感じなんすか」

「言えないような相手なの？」

「彼女かよ」

「誰？」

「会社の元同僚から」

「へー、水上くんって働いてたんだ、えらいじゃん」

「なんなら今も働いてますけど」

「で、なんで笑ってたの」

「来週何人かで飲みに行く約束してたんだけど、今日だと勘違いした奴がいて、一人で飲んでるって言うからさ」

「かわいそうじゃん、そんな人を笑うなんて水上くんは非情だな」

「でもそいつ、四回に一回くらいこういうことあって、たぶん約束がどうとか最初から気にしてないんだよね」

「じゃあ呼んであげなよ、一緒に飲んだらいいじゃん」

「ここに？」

「水上くんだって得体のしれない怪しい女とサシよりも知ってる人がいたほうがいいっしょ」

自分からそう言い放ったサカナさんはぐっと生ビールを飲んで、それはまあ確かにそうかもしれないにせよ、その前に俺たちが飲んでいるこの状況についてお互い思うところを述べたほうがいいんじゃないか、っていうか、今から矢崎を呼ぶのはいいし、間違いなく来るだろうけれど、この不可解な時間はいつまで続くのか、キザキさんの件はどうなるのかといったことを考えて、でもまあ、そういうあやふやな部分も含めてすべてを矢崎の登場に委ねてしまおうと思う俺はサカナさんの提案に同意し、「いま人と飲んでるから来いよ」と説明のないメッセージを矢崎個人に送る。それもまた一瞬で既読になるし「行く、どこ行けばいいの」と即答だから駅だけを伝えれば、『三国志』の誰だかわからない文官っぽいおっさんが「ウム！」と元気に応じているスタンプがまた三連続でやってきて話はそれですむ。

矢崎が即座に移動しても一時間近くはかかるはずだし、酒場に入ったからには少しは腰を据えるような気もするが、なんか来るみたい、とサカナさんに伝えれば、おー、やった、じゃ場所変えよっか、ここは私がおごってあげるから、なんて景気のいいことを言ってお会計お願いしまーす！と甲高い声で告げる。会計を済ませ、おーし、じゃあ行きますか！とサカナさんのテンションがにわかに上がったように思うのは、サカナさんもまた俺とのサシ飲みは窮屈だったのだろうか。もしそうなら、なにもわからないまま今日はもうお開きでいいと思いながらも、とりあえず俺はビーサンのすり減った底に入り込んだ空気が弾けるのか、足を進めるたびにパチン、パチンと小気味いい破裂音を鳴らしながら歩いていくサカナさんについて行く。次はここですと誘われたのは雑居ビルの地下で、左右にスナックやバーとおぼしき扉が連なる薄暗い廊下の突き当りの左手は重厚な黒い皮の扉だが、その雰囲気をぶち壊すように「今は無理！」とマジックで書かれたコピー用紙が貼ってある。準備中という意味だろうか、しかし尾崎豊の「卒業」が漏れ聞こえてくるが、「♪この支配からの卒業〜」とサビが終わるタイミングを見計らってサカナさんは扉を開けると思ったよりもだいぶ広くて明るい空間で、お、いらっしゃーい、カウンターの向こう側で小指を立ててマイクを握っているやけに肩幅の広い男性は来店を拒否しなかったものの、「♪誰かの喧嘩の話にみんな熱くなり〜」とそのまま二番に突入する。まあ、テキトーに座っちゃってよ、そう言われて俺は誰もいないＬ字型カウンターの短辺の端に腰かければ、店の壁面棚にみっしり並んでいるボトルを持ってきてサカナさんは隣に座った。

「水上くんはこういうとこ、縁がなさそうだね」

「こういうとこって、カラオケスナック的な？」

「うん、まあここは女子が付くわけじゃないから、ただのカラオケ居酒屋だけど」

「確かに来たことないな」

「やっぱり、そういう顔してるよ」

「どういう顔よ」

「めちゃくちゃテキトーな性格のくせに冒険はしないでせこせこと無難な人生を送ろうとするチキン野郎」

「……すごい悪口じゃね？」

「じゃあ、ボトルとかも入れたことない感じだ」

「まあ、ってか、営業中なの？」

「うちは二十四時間みたいなもんだからねー」

　歌うのをやめて会話に割り込んでくるマスターなのだろう男性が差し出したデンモクをサカナさんは受け取り、続いてやってくるアイスペールと緑茶の入ったピッチャーを俺は受け取る。サカナさんの持ってきたボトルには「滅亡！」と白マジックで勢いよく書いてあって意味はさっぱりわからないけどちょっと面白い。先生、お作りしますよ、サカナさんはあらかじめ置いてあったグラスに氷を三つ入れたそこにドボドボ焼酎を注ぎ、かなり濃いに違いない焼酎の緑茶割りを二つ作ると、じゃあカンパイ！と言うその勢いで一気に飲み干した。その飲みっぷりに驚いて、もしや外側は焼酎のボトルで、しかし中身はただの水だったりするのでないかと疑いつつ一口飲めば、もちろんそんなわけはなく、いま見た通りのめちゃくちゃに濃い緑茶割りだから喉がやける。どんだけ酒が強いのか、まったく平気そうなサカナさんはおーし、歌っちゃうぞーと朗らかにデンモクを手にし、慣れた手つきでタパタパと素早くペンで画面を叩き、行けっ！と転送すれば高い所にあるモニターに「さよならの向う側」と表示されて、一曲目からもう幕引きのような山口百恵だ。

　充電スタンドからマイクを一本抜きとって立ちあがり、あ、あ、あー、よろしくお願いしまーす、がんばりまーす、なんて気の抜けた感じから一転、「♪何億光年輝く星にも寿命があると～教えてくれたのはあなたでした～」と歌いはじめるサカナさんはべらぼうに上手いからわかりやすく鳥肌が立ってしまい、もし店内に客が沢山いて騒がしかったとしても声を聞いてしまえば黙って耳を傾けるしかないだろうと思えるほどで、素人のカラオケとは一線を画しており、モニターに映る本人映像もあいまってなんだか畏まってしまう。相当歌いなれているだろう雰囲気も伝わり、きっとこのカラオケ居酒屋でサカナさんはちょっとした有名人に違いないと推測する俺もカラオケは嫌いではないし、下手ではないと自認しているものの、次元があまりにも違い過ぎて、ギャラリーがわんさかいるのならまだしも、ほとんど一対一のようなこのシチュエーションでサカナさんに続けて歌うのはだいぶ厳しい。せめて下手くそな矢崎がいてくれたらなあ、などとひどいことを思ってしまうが、ずっと背を向けて歌っていたサカナさんはラスサビが終わるとこちらに振り返り、山口百恵その人のように深々と頭を下げてマイクをテーブルに置くと、アウトロが流れるなか、外へ出て行った。相変わらずむちゃくちゃ上手いねえ、お金払いたいくらいだよ、とマスターはしみじみ言って俺だってとてつもなく感動してしまったが、その歌声にすべて持っていかれて、しばしぼんやりとしていた数分が経ってもサカナさんは戻ってこない。まさか連れてくるだけ連れてきて放置するつもりなのか、けどまあ、このままもう戻ってこないとして、でもあんな歌を聞かされ、これはこれで奇麗なお別れだったんじゃないか、まさにさよならのかわりの一曲じゃないか、なんてほとんど納得しながら緑茶を注ぎ焼酎を薄めて飲んでいると、えーっと、お兄さんはうちに来るの初めてかな、とマスターに問われる。

「はい、あの、連れてきてもらって」

「ヤエちゃんとはどういう感じなの？」

「ヤエちゃん？」

　俺はついオウム返しに聞いてしまうと、あー、はいはい、なるほどね、わかったわかったとマスターは一人で納得し、まあ、ゆっくりしてって、うちはカレーが名物だから気が向いたら食べてよね、と微笑んでデンモクを手にする。なにをどう理解したのかさっぱりだが、ひょっとしてサカナさんはたびたび誰かを連れてきては一曲歌って去っていくという風変わりな客引きのようなことをしているのか。もしやこの店はぼったくりの超高額店だったりするのかと一瞬不安になって、でも一軒目は奢ってくれたしマスターもいい人そうなのでそんなことはないだろうと思うが、サカナさんとはこれで終わりかもしれないにせよ、帰ってくる場合に備える意味でも矢崎の到着までは時間をつぶすことにして、マスターの尾崎豊メドレーに耳を傾けながらしばし酒を飲んでいると扉は開き、やってきた作務衣姿に白いタオルを頭に巻いたうさんくさい陶芸家みたいなおっさんに、えーっと、水上くんだよね？と半笑いで話しかけられたら、はい、水上です、とこちらも半笑いで答えるしかない。

小さな冷蔵庫の冷蔵室の扉にはその面積をほとんど占めるくらいのスケジュールボードがくっついているが、最初から書き込まれている日付と書き入れる曜日の組み合わせが今月ではなかった。予定はあまり埋まっていず、4日の火曜日に「アナさん」、15日土曜日に「夜ラー」、19日水曜日に「トガ病」、21日金曜日に「結果？」と黒く、そして31日月曜日の「リセット！」だけは赤字で書かれている。ニシムクサムライ、と頭によぎるのは31日がない月だから当てはまらないが、それにしても書かれていることの内容がまるでつかめず、なんだか暗号じみている。アナさんは誰かそういう人との約束があるのか、夜ラーは夜にラーメンでも食うのか、トガ病、トガビョウ？トガヤマイ？はさっぱりで、結果？はなにか重大事の結果が判明するかもしれない大切な日か。赤字のリセット！は色の違いだけではなく、他の文言よりも大きく、はっきりと書かれていて、月の最終日にあることもあいまってなにか強い意思を感じる。筆致は似ているように見えるのでどれも同じ人の手によるものだと思うが、「リセット！」とすべてをなかったことにするそれはまさか自死ではないか、赤は血の色ではないか、などとなぜか不穏な想像が浮かべば、あー死にたいよー、ホントに死にたいよー、としか聞こえない、しっかりした寝言を狭い部屋の隅に敷いてある布団に仰向けで眠っているサカナさんは発した。

寝言に応えるのは縁起が悪いと聞いたことがあったような気がして、だけど死なないほうがいいよ、と呼びかけてみれば、サカナさんの答えはないが、グギグギ、グギグギと歯が折れるんじゃないかと心配になるくらい激しい歯ぎしりをして、俺の言葉を否定しているようだ。かつてのパートナーも歯ぎしりがひどく、隣に眠る俺は右手の親指と人差し指で挟むように頬をすりすりさすってそれを止めていた。サカナさんに同じことをするわけにもいかないので大丈夫だよー、平気だよー、と投げかけると、またそれを跳ね返すみたいに、ぜんぜんわかんないよー、と言うけれど、それで歯ぎしりはおさまる。名前は忘れたが、たぶんセサミストリートの赤いキャラクターのアイマスクをしている。身体にかかっているタオルケットは寿司屋の湯飲みのように魚の漢字がちりばめられたデザインが面白くてちょっとほしい。冷凍庫の扉には同じデザインのパエリアのマグネットが三つくっついていて、なかなか美味そうだと思えるくらいよくできている。壁にはおそらく演歌歌手なのだろう「春川ひでお」という恰幅のいい和服姿のおっさんが流し目で遠くを見ているポスターが貼られており、「嫌なこと言うね」とあるのは曲名だと考えるのが自然だが、全体的にチープなデザインで草原のような背景は明らかに合成だ。本当にそんな歌手がいるのだろうか、遊びで作ってみただけではないのかと気になり「春川ひでお」をググってみようとするiPhoneは振動して、「たぶん前にいるぞ」とメッセージが届く。立ち上がってドアを開けると矢崎はいた。

「おう、よく来たな」

「うむ、来てやったぞ」

「つうかお前、日程間違いすぎだろ」

「ホントにな、今回は当たってると思ったんだけど」

「確認ぐらいしろっての」

「善処する」

「それはそれとして、来てもらって早々にアレなんだけど、なかで人が寝てるんだよ」

「ってか、ここなに？」

「おそらくは仮眠室なんじゃないかと思うんだけど」

「仮眠室？なに、そういうコンセプトの飲み屋なの」

「とにかく酒はあるし、まあ入れよ」

「入っていいのかよ」

「いいんじゃないの、俺もよくしらんけど」

　曖昧なことを言って矢崎を招き入れれば、お邪魔しまーす、となかに入ってはきたが、四畳半とかしかないだろう狭い空間にサカナさんが寝ている布団と冷蔵庫と細かい傷があちこち刻まれている年季の入ったちゃぶ台があればもうだいぶ窮屈で、そこに大して体格はよくないとは言え、さらに二人のおっさんが入ればゆとりもなにもない。冷蔵庫から一番搾りのロング缶を二本出してちゃぶ台に置き、とりあえず座んなよ、突っ立っている矢崎に促せば、この寝てるっぽい人は誰なの？とサカナさんのことを聞いてくるが、答えるほどの情報は持っていないので、さあ、誰なんだろうね、と流して畳に腰をおろす。しばしサカナさんを見下ろしていた矢崎もまあどうでもいいか、と自分に言い聞かせるふうにわざとらしくつぶやいて座りはするものの、お互いこんな近距離で差向うのは初めてだし、なにがなんだかまったく意味がわからないその気持ちを、なんだこれ、と簡潔に述べた矢崎の口元はもう緩んでいるからひとまずは安心で、とりあえずお疲れと俺たちはプルタブを引き上げた缶をぶつける。

「……んで、矢崎先生は最近どうすか」

「そういうバクっとしたことをいきなり聞くなよ」

「いや、ご覧の通りの謎シチュエーションなもんだから」

「説明はないのか」

「説明できるほど事情を把握してないし、なんもわかんないほうが面白いだろ」

「もう二万回くらい言ってるけど、何事も面白いほうがいいっていうお前のスタンスには賛同できねーよ」

「二万回は言ってないよな」

「二万回は言ってないよ、ごめんよ」

「まあでも、とりあえずはいいだろ」

「いいことはいい、けど」

「なに」

「いや、いいよ、もうなんでもいい」

「まあそのうちこの人も起きるだろうから、飲みながら待ってようぜ」

「相変わらずむちゃくちゃだなあ」

呆れたように矢崎は言って一番搾りを風呂上がりのポカリスエットみたいにゴフゴフ喉を鳴ら

して飲むから、気が利く俺はすぐに二本目を用意してやれば、でもさ、ちょうどよかった、お前に話さなきゃいけないことがあるんだよ、と調子を改める。なんだよ、結婚でもすんのか、俺はいい加減な相槌を打つと、焼き肉じゃなくてさあー、と話を遮るようにサカナさんは口を開くから空気が読めない。焼肉でなければなんだ、すき焼きか、寿司か、てんぷらか、いったいどういう夢を見ているのか気になりつつ、サカナさんの寝言には触れないけれど、お前なあ、俺が結婚するって本気で思ってんのかよ、と矢崎はつっかかってくる。別に、テキトーに言っただけだよ、そんくらいわかるだろうが、と俺はなんでそんな些細なことがいちいち引っかかるのか、めんどくせえなあと思いながら応じると、水上はつくづくそういう奴だよなあ、なんて言うものの表情はやわらいでいる。飲めばことあるごとにお前はそういう奴だと矢崎に言われている俺はいつものようにどういう奴だよと返したくなるそれは控え、俺は結婚の予定もないし、付き合ってる人もいないし、どうせこのまま一人さみしく死ぬんだろうよ、とかふてくされたようなことを言って我ながらむなしくなってしまうけれど、お前には結婚の予定はないかもしれないけど、俺は結婚することになったんだよ、と矢崎はさらっと口にする。ウソをついているわけでないことはわかるが、この度、ワタクシ、矢崎徹は結婚することになりましたことをご報告させていただきます、なんてわざわざ繰り返して軽く頭を下げたりするから癪で、よかったね、おめでとう、と俺は雑にあしらえば、ウソじゃねーよ、ホントに結婚すんだっての!声を荒げて二本目のプルタブを引き上げた。

「へー、結婚するんだ、すごいね、偉業じゃん」

「結婚することになったし、しかも再来週から高知に行くことになったよ」

「新婚旅行とか、そういう？」

「や、移住」

「移住か」

「うん、移住」

「移住って、え、なに？」

「は？新しい土地に移り住むということだろうよ」

「つまり結婚もして、高知に移り住むということでよろしいか」

「そういうことになるね」

「そうか、完全に理解した、遠く離れた異国の土地に行っても達者で暮らせよ」

「そりゃ達者には暮らすけど、いや真面目な話なんだから、ちゃんと聞いてくれよ」

「でもそれ面白い話なのか？」

　ついそう言ってしまえば、矢崎は声に出しはしないものの、ヤンキーがガンを飛ばすような顔つきになったので、あ、今のはまずかった、さすがによくなかったとすぐに悟って俺はすまん、悪かった、許せ、この通り、もうしません、と掌をあわせると、お前はさあ、マジでそういう奴だよなあ……と短いタメを作ってからさっきと同じことを言って、コイツは心底どうしようもない野郎だという感情がこもっている。ごめん、ごめん、誠に遺憾の極みで、申し開きの言葉もない、慙愧の至り、何卒ご海容を賜り、どうかお許しを……俺は祈るように掌を揺らしながら重ねて謝罪するのはもうふざけているけれど、そういやお前さ、米倉さんとやり直すかもしれないみたいなこと言ってなかったっけ、と矢崎は急に話題を変える。一瞬だけやり直したけど、一瞬で崩壊したよ、問いに答えて俺も缶ビールをぐっと飲み、もうずっと飲み続けているからだいぶ腹がいっぱいでサカナさんのように横になってしまいたいが、そっか、と矢崎はそれだけで普段なら根掘り葉掘り聞いてきそうなものなのに話を広げようともしない。それは結婚を控えた人間の余裕なのではないかと勝手に決めつけてムカついた俺は、色々話してさあ、じゃあやり直すかってなってね、とりあえず景気づけに飲みに行ったんだけど、お前も知っての通りあいつは酔っぱらうとむちゃくちゃになるだろ、まあそもそも別れたのも酒が原因と言えばそうなんだけど、でも二人でやることなんて飲むぐらいしかないからさ、それでガンガン飲んだわけなんだけど、四軒目だったかな、あいつ飲み屋の階段からジャンプしてさ、無事に着地したら今度はあたしたち上手く行く！とかぎゃあぎゃあ騒いでね、でも五段くらいで高くもなんともなかったから、おう飛べ飛べ、飛んでみせろ！とか俺も煽ったんだよ、したらあいつ、思いっきり着地に失敗してすっころんでさ、でも平気で歩いてたから、そんな大した怪我でもないと思ってそっからまた何軒か行ったんだけど、次の朝、ってか昼か、めちゃくちゃ痛い、歩けないって言うからタクシーで病院行ってね、検査したらガッツリ骨にヒビ入ってて、マジかーってなったんだけど、ちゃんと着地できなかったし、骨にはヒビ入るし、やっぱうちらはダメだ、ってか私は酒飲む人と付き合っちゃダメなんだ、やり直すのはやめようって一方的に言われて、それでおしまいだよ、バカっぽいだろ、と聞かれもしないのに事情を説明している間に矢崎はうんうん無言で頷いていたが、それが終われば、なんか腹減ったんだけど、食いもんないの、とうんざりしたようにまた話をすり替える。

「なんかもらってこようか」

「もらってくる？　どこで」

「前の店で」

「歌が漏れてるとこ？」

「そうそう」

「つうか、だからここはなんなの」

「そこの従業員用の仮眠室なんじゃねーの」

「じゃあこの寝てる人は従業員ってことでいいのか」

「しらねーよ、俺に聞くなっての」

「なんでお前はここにいるんだよ、バイトでもはじめたのかよ」

「とりあえずなんかもらってきてやるから、もしこの人が起きたらテキトーに相手してて」

「この人なんていうの」

「ヤエちゃん、だった気がする」

「本当に何もかもが曖昧だな」

　まあ健闘を祈るよ、と立ち上がる俺は矢崎をこのまま放置したらなお面白いことになるなあと思いながら外に出るその正面はサカナさんに連れられてきた「今は無理！」が「どんとこい！」

に変わっている扉で、さっき来たときに漏れていた尾崎豊だったそれが今はブルーハーツの「人にやさしく」で女性の声だ。音量が確実に大きくなっているのは営業中だからか、扉を開けばかなりうるさいが、マスターはカウンターの向こう側に変わらずいて、さっき俺が座っていたあたりに白い浴衣を着た女性がマイクを握り肩を揺らしているけれど、歌っているのはその人ではなく、もう一人小上がりのテーブルの上になぜか立って頭を激しく振りながら声を張り上げている女性もやはり浴衣で今日は祭りでもあるのか。熱唱をジャマしないようヘコヘコしながらカウンターに近づき、あの、なんかつまみがほしいんですけど、とマスターに告げれば、あー、レッドフォックスだったらタダであげてもいいよ、とにやけ顔で返ってくる。レッドフォックス?問えば、直訳してと言うので「赤いきつね」だとわかるが、さっきはカレーが名物とか言っていたはずで、だけど腹が減っているのは矢崎だからレッドフォックスでいい旨を伝えると、お湯はサービスしてあげるからちょっと待っててね、とマスターはウインクして暖簾で仕切られたキッチンらしいほうへ行く。ラスサビの「ガンバレ！」で腰かけている人も小さく声をあわせて「人にやさしく」が終わると控えている予約曲はなかったが、あーマジで権力はクソだなー!国会議事堂にガソリンバラまきてえなあ!などとかなりヤバいことを叫んでテーブルの上の女性は小上がりに降り、立ったまま再びデンモクを触る。

「あの、すいませんけど、『林檎殺人事件』歌えたりしますか」

　カウンターの女性に声をかけられ、歌ったことはないものの、フニフニフニフニ……とサビが脳内で再生され、なんとなくメロディは追える気がして歌えないことはなさそうだったが、突然の申し出にうろたえて俺はいや、ちょっとよくわかんないっす、と拒んでしまう。すると女性はそっかあ、残念だなあ、歌いたかったのになあ、もう二度と歌えないなあ、ああー悲しいねー、悲しいねー、なんて曲の一節を引用しつつ大げさなことを言ってふてくされたようにカウンターに突っ伏すから、なんだか俺のせいみたいになってしまう。はい、レッドフォックスお待ちー、コンビニ限定のお揚げ二枚入りだからね、再びカウンターに現れたマスターが差し出してくる赤いきつねと割り箸を受け取ると、五分待ってるあいだになんか一曲聞かせてよ、カラオケ代もサービスするからさあと請われる。タダでもらった恩義もあるし、女性の機嫌を損ねてしまった罪滅ぼしのような気持ちで俺は赤いきつねをいったんカウンターに置いて、デンモクを素早く操作してぱっと思いついたユニコーンの「すばらしい日々」を入れる。歌っている間、突っ伏している女性は姿勢を変えず、小上がりにいる人も特にこちらを気にするようなそぶりもなく、それでも好きな曲だからそれなりに熱を込めたし声もしっかり出したけれど、歌い終わってどうもどうもと頭を下げても拍手も感想もなくガン無視だからつらい。いい曲だよねー、マスターだけは簡単なコメントを残してくれたが、こんな薄い反応なら歌わなきゃよかったとやるせない心持ちで外に出て狭い部屋に戻ると、おかえんなさーい、とサカナさんは起きていて、まあそうだろうなという感じがする。

「復活したんすね」

「うん、おかげさまで」

「喜べ、赤いきつねをゲットしてやったぞ、もう食えると思う」

「そいつは助かる」

俺は腰をおろし、さて、いよいよ三人揃ってこれからどうなるのだろうと思えば、まあそれで相手の親御さんの家業を継ぐことになったわけです、だから婿入りっていうことになりますね、と箸を割った矢崎は言って結婚の話になっているが、俺が外へ出たのはせいぜい五、六分だからサカナさんは起きていて俺たちの話を聞いていたんじゃないのか。家業とはなんなのか、横やりを入れたくなったが出しゃばらず、とりあえず二人のやりとりを見守ることにすると、私も去年さあ、結婚間近までいったんだけど、なんやかんやあってポシャっちゃって、まあ今となってはどうでもいいんだけどねー、なんてどうでもよくはなさそうに言いながら布団に倒れ込む。矢崎が蓋をべりべり剝がすと湯気がもわもわ上がり、つゆのいい匂いが鼻に飛び込んでくるから旨そうで、俺はもともと赤いきつねがかなり好きだから空腹ではないけれど食欲はそそられる。あれ、揚げが二枚入ってんじゃんよ、箸で麺をほぐすような動作をしつつ矢崎はむしろ不本意であるかのように言うので、コンビニ限定の二枚入りなんだよ、マスターに教えられなくてもそれを知っている俺は答える。そうなんだ、お得だね、と別に嬉しくもなさそうな矢崎に一口くれと言いたかったが、そんな隙は見せず一心不乱に平べったい麺をずるずる啜り、お揚げにかぶりつき、汁を飲んであっという間に完食してしまう。っていうかお前さ、そういう人がいるなんて全然言ってなかったよな、とそんな報告は求めていないが、サカナさんが横になってしまったので話を引き取れば、まあ、なんせ付き合いはじめたのが一カ月前とかだし、そもそも付き合ってるかどうかもよくわからん状態だからなあ、などと矢崎はのんびりと答えてカップの底に張り付いていたらしいぺらぺらのかまぼこをつまんで食べた。

「付き合ってるのかもよくわからんのに結婚するのかよ」

「そうなるわな」

「いやおかしいだろ、なんだよそれ」

「結婚するにあたって、必ずしも付き合ってなければいけないわけでもないだろ」

「んなことねーだろ」

「交際0日結婚とか芸能人でもいるじゃん、俺もそんなようなもんだよ」

「はー、全然わかんねえ、意味わかんねえよ」

「わかんなくていいよ、結婚するのは俺なんだし」

「えー、ってか、お前はその人のことが好きなんだよな？」

「まあ、どちらかと言えば好きだな」

「いやさあ、どちらかと言えば好きな人なんていくらでもいるだろうが」

「それはそうだな」

「だから、その人がめっちゃ好きってことなんだろ、な？」

「んー、そういうわけでは別にねえなあ、どっちかって言うとお前の方が好きなんじゃね？」

「いいよそういうのは、なんでだよ、結婚するんだろうが」

「なにを怒ってんだよ」

「お前が大して好きでもない人と結婚するとかふざけたことを言い出すからだろ」

「はあ？俺が悪いのかよ」

「お前が悪いに決まってんだろ！」

「いやヒャクパーあんたが悪いよ！」

　横たわったまま割り込んでくるサカナさんに窘められる意味もわからないが、まあ俺もこいつが悪いと思うけど、でも結構いい奴なんすよ、メールのレスポンスとか早いし、俺が酔ったときはタクシーに乗っけてくれるし、今も食い物もってきてくれるしね、などと同意しつつ矢崎は変なフォローを入れてくるから戦意を失う。もうめんどくさくなって冷蔵庫から一番搾りを出してぐいぐい飲めば、まあそんなんだから結婚式もやんないけど、そのうち遊びに来てやってくれよな、と矢崎は話を締めるような気配を漂わせたが、あんたもバカなの？式はどんな形でも絶対にやんなきゃダメに決まってんでしょ！とサカナさんは矢崎にもつっかかる。それで矢崎は一瞬考えたような表情になったけれど、でも、あれだよ、本音言うとね、いざ東京を離れるとなるとさ、お前とか萩原とか、安西はまあどうでもいいけど、とにかくお前らと簡単に飲めなくなるわけで、それはさ、なかなかさびしいんだよね、なんてきまりが悪そうに言ってサカナさんの忠告を完全にスルーする。そのわりには飲みの約束を思いっきり間違っているじゃないかと俺はおかしくなって、それはでもいつでも会える距離にいるからこそ許されるいい加減さ、気楽さなのかもしれず、まあそのうちみんなで顔出すよ、安西もいちおう連れてくわ、運転できるのあいつだけだしな、と矢崎の気持ちに添うように応じてやる。うん、だいぶ広い家みたいだから、みんなで泊まったりしても平気だと思うよ、そう言う矢崎はなんだか涙目になっていて、結婚して移住までする家の情報すらぼんやりしていることにつっこみたくなりながら、俺もつられて謎に切なくなっているのは酔いのせいだろうか。おし、じゃあ改めて乾杯すっか、俺たちは缶をかかげれば、いやだから式はやれって言ってんじゃんよ、無視すんなっての、あんたらマジで頭わいてんでしょ、とサカナさんはいよいよ身体を起こす。

「そんなに式って大事なんすか」

「当たり前じゃん、何事も形から入らなきゃダメだよ、特に結婚なんて人生の超重大イベントなんだし、結婚生活なんて式のテンションを無理やり延長させていくうちに一年とか二年とか経って、そんでもうしょうがないからこの先も一緒に暮らすしかないかって考えることをやめるようなものなんだから、式やんなきゃ結婚ですらないって言っても言い過ぎじゃないんだよ」

「すげえ極論」

「まあでも確かに結婚します、夫婦になりますみたいな儀式をやったほうが気合は入るんじゃねえの？」

「気合とかテンションとか、結婚は剣道かよ」

「剣道？なにが剣道？」

「なんでもいいけど、とりあえず三人で乾杯しようぜ」

「なんでもよくねーよ、式はやれっての」

「そうだよ、やれよ、行ってやっから」

「私も行ってやるよ」

「ヤエちゃんも来んのかよ」

「そりゃ行くよ、行くけど、ってか、なんで私の名前知ってんの」

「え、いや、こいつから聞いて」

「俺はマスターから聞いて」

「そっか、ってか、君も誰なんだっけ」

「そこからなのかよ」

「ごめん、なんか、一緒に飲んだっぽい気が、うっすらするんだけど、飲んだ？」

「少しだけね」

　俺はサカナさんにもロング缶を差し出せば、分捕るように取ってプルタブを引き上げ、いやーごめん、こういうことしょっちゅうあるから、個人的には全然へーきなんだけど、そっか、またやっちまったかー、全然おぼえてねーなー、などとちょっと悔しそうに言うのは俺と改札で会い、キザキさんの話などしてのち魚を売りにしている飲み屋からカラオケ居酒屋に移り、山口百恵を歌いながら去ったその経緯をまったく覚えていないというのか、眠っている間に記憶がすっ飛んでしまったのか。俺はサカナさんと入れ替わるようにやってきた、サカナさんが来るまでここで寝ていたらしい作務衣姿の男性に水上くんの相手してあげてってお願いされたんすけど、すいません、これから野暮用があって、まあじゃんじゃん飲んじゃってください、会計はいらないすから、みたいなことを言われ、あれはうちのオーナーなんですよ、とその人がいなくなってからマスターに告げられたのだったが、あーでもいいから、なんも教えてくれなくていいから、ここから仕切り直そう、私たち一からやりなおそう、ゼロから歩き出そう、なんてサカナさんは言ってくる。特にやましいことがあったわけでもないのだが、こちらから説明する理由もなく、というか、そんなに大した経緯もないのだけれど、ビールを一口、二口飲んでサカナさんは、はっ、と不意に驚いたような表情になり、え、ってか、いま何時？と聞いてくる。七時半ぴったりっすね、という矢崎の返事に、やっべ、飲んでる場合じゃない、店開けなきゃじゃん！行こう、君たちも行こう、ほら早くして！とサカナさんは慌ただしく立ち上がり、どうする？まあ行けばいいんじゃん？俺たちもついて行くことにする。

　駅で見かけたときと変わらずユニホーム姿で入ってきたキザキさんを見て、そういや今日の試合結果はどうだったんだろうと一球速報アプリを確認するとジャイアンツは大敗していたが、席はすべて埋まっていたために座れず、入口付近にいる顔なじみらしい三人組とやりとりをしてからカウンターに立っている矢崎にむかってキザキさんは、つうか君は誰だよ！フーアーユー！などと突如投げかけてだいぶテンションが高く、かなり酔っ払っているようだった。あー、なんかよくわかんないすけど、代打っすね、という矢崎のとぼけた答えに石井義人かよ！と選手生活の晩年にジャイアンツにやってきて、代打の切り札として活躍した選手の名を満足そうに告げてそれは伝わらないだろうと思うが、またあとで来るからね、来なかったら死んだと思ってね！などと不吉なことを明るく言って去って行った。

　一番奥に座っている俺のことだって初めて見るはずだが、目に入らなかったのか、あえて無視したのか、興味を持たれなかったのか、それはわからない。なんにしたって俺が今日この土地にやってきたのはキザキさんに会うためで、自分の代わりに会ってきてほしいと頼んできた平井さんに送った「キザキさんには会えませんでした」と事実だけを簡潔に伝えたメールの返信はまだ届いていない。でも、いま会ったし、こちらから声をかけるくらいの時間は十分にあったはずで、だからそれをするべきだったのではないかと思うだけ思い、だけどそもそも約束の時間を前にどこかへいなくなってしまったのだから、やむを得なかったよな、俺は悪くねえよな、そんないきなり話しかけたりなんかできねえよな、なんて脳内で自己弁護などしていると、あの、すみません、初めてお目にかかりますよね、とキザキさんよりも少し前にやってきて俺の隣に座った、すでに来ていた人たちに「教授」と呼びかけられていた六十代半ばと思しき男性が話しかけてくる。はい、今日初めて来ました、俺は簡単に答えると、そうですか、お会いできてよかったです、僕はヨシダと言います、どうぞよろしくお願いします、と穏やかで礼儀正しい挨拶が返ってくるのでなんだか恐縮してしまう。休日の蒸し暑い夜なのにきっちりとジャケットを羽織って、いかにも余裕がある大人の男性という雰囲気のヨシダさんは中条きよしにかなり似ているギラギラした男前で「教授」感はそれほどでもない気がするが（あだ名ではなく職業的な意味で教授なのかもしれないけど）、えっと、水上です、どうも、少し気圧されつつ俺も名乗れば、ハートランドの中瓶をコップに注がずそのまま口をつけて飲んでから、失礼ですが、水上さんはどうやってこの店までたどり着いたのですか、と問いかけてくる口調は変わらず穏やかではあるものの、そこはかとない厳しさも感じる。あ、いや、なんというか、たまたまっていうか、偶然っていうか……応じる俺はしどろもどろになってしまうと、それがいかにも気に入らないというふうにカウンターをタカタカ指で叩いて鳴らして、偶然ですか、そうですか、なるほどね、と蔑むように言ってくるからなんか怖い。

「いやでも、あの、本当に偶然としか言えないっていうか……」

「それはもちろん、あらゆる事象はそれが発生する直前まではすべて偶然に決まっているでしょう、僕が聞いているのはその偶然の内容についてです」

「偶然の内容、ですか」

「偶然はそれが起きて初めて必然になるわけですが、しかしまったく必然とは呼びたくない偶然、認めたくはない必然もあるものです、おわかりですか」

「えーっと、それはどういう……」

「わからないんですか」

「えーっと、はい、すいません」

「水上さんね、最低限それくらいは理解してもらわないとお話になりませんよ」

「あー、はい、すいません」

「いいですか、僕が言いたいのはあなたの偶然が必然に値するのか、それを聞いて判断したいということです」

「それで必然？に値しなかったら、どうなるんですか」

「七万円ほど頂戴して、すぐにこの店から出て行ってもらいます」

「ええ……」

ヨシダさんの偶然とか必然とかいうのは、要するに俺が今日初めてこの狭いカウンター六席しかない酒場にやってきたその経緯について、常連として見定めたい、それが必然として認められるか評価したい、みたいなことだろうか。ひょっとしてここは会員制とか紹介制の店で、確かに窓もないので外からも様子は窺えないけれど、チータラ&柿の種、ウインナー、冷やしトマト、茶わん蒸し（レンチン）、焼きそば、冷ややっこと壁にぶら下がっている黒板メニューは庶民的だし（しかし価格は書いていないが）、かなり建付けの悪かった扉にもそんな表記はなかったはずだ。もちろん会員制だから高級とは限らないし、そういうシステムではなくても常連の厳しい監視が行き届いていて、イチゲンの客を受け入れるか、排除するかを振り分ける番人として機能しているのかもしれない。もしそういうことになっているのなら面倒にもほどがあり、これだから関係性が濃密な個人店は嫌なんだよ、閉鎖的な空間で傷を舐め合ってみっともねえんだよ、なんて知りもしないのに毒を吐きたくなってくるけれど、オメガネにかなわなければ金をとる、それも七万円というのはさすがに冗談だとして、そもそも見知らぬ客である俺よりもカウンターのなかで接客をしている矢崎にツッコミを入れるのが先だろうと思うのに、店にやってきたヨシダさんはなんのひっかかりもなく空いている席に腰をおろし、ハートランドくださいと注文を告げていた。それを受けた矢崎はハートランドね、とタメ口で応えたし、さっきから入口付近の三人となにやら盛り上がっているからそれでよしとしたのかもしれないけれど、教授さん、やめなってば、そんなにいじめたらかわいそうじゃんよ、とヨシダさんの隣にいる、一人でちびちび冷酒を飲みながらスマホをするする触ってはときおり舌打ちをしていた眼鏡の女性が口をはさんでくれる。教授さんはイチゲンさんにすごく厳しいからね、ごめんね、と気を遣ってくれるからありがたく、いや、大丈夫です、自分もすいませんでした、などと何に対して謝っているのかわからないながらもそう言ってみると、確かに詰問するようで済まなかったね、とヨシダさんも軽く頭を下げた。

それで俺はじゃあここでグラスをかかげて、改めて初めましてと乾杯を促してみようかと思ったのに、しかし最近は人品の卑しい輩が増えているからね、あなたにも聞いておかないわけにはいかないんだ、そうでしょうミサキさん、とヨシダさんは矛を収めてくれるわけではないし、んー、それはまあ、確かにそうなんだけどねえ、ミサキさんという人も否定してくれない。人品の卑しい輩とはずいぶんな言いようだと自分がそう評価されたわけではないものの、やはり客をすすんで選別するような閉鎖的な場所であるらしいことはわかって、もし懐に七万円持っているならば、それを叩きつけて帰ってしまいたくなる俺は必然に値するかどうかは知らないですけど、と苛立ちを露骨ににじませた前置きをしてトマトハイを飲み干し、お願いしまーす、と矢崎を呼び寄せる。おう兄ちゃん、なに飲むんだよ、なんて近づいてくる矢崎の顔つきや振る舞いはすっかり酒場の店主じみているからウケるし、ただ酒を出すだけとは言え、いきなり振られたにもかかわらず問題なく役割をこなしてしまっているから素直に感心するが、俺はこいつと一緒に飲みに来たっていうか、ヤエさんに連れられてきたんですけど、連れてきた本人がどっかにいなくなっちゃったんですよね、と俺はヨシダさんの疑問に答えると、そうなんですよ、ホント、あの人なんなんすかねえ、いきなり店頼むわ！とか言ってどっか行っちゃって、まあそれをすんなり受けちゃってる俺もアレなんすけどねー、などと矢崎もへらへら笑いながら口添えしてくれる。なるほど、そうでしたか、と抑揚のない声で言うヨシダさんの気持ちは読めないが、どうせそんなこったろうと思ったよ、ミサキさんはどこか安堵したように重ねた。

それで流れが途切れたのを見計らって俺はおかわりを頼むべくグラスを差し出せば、任せとけとそれを受け取ってすぐに矢崎は新しいトマトハイを作ってくれたのだったが、なんかでもさあ、さっきからずっと考えてたんだけどね、俺、アレだわ、ヤエちゃんのこと好きになっちゃったわ、マジで好きっぽいわー、なんてとんでもない発言をぶっこんでくる。一瞬、時間が止まったようになってのち、おいマジかよー、お前ふざけんなよなー、と素っ頓狂な声が聞こえるのは入口近くの人たちの会話でこっちは関係ないらしかったが、それはつまり、どういうことでしょうか、と俺よりも先に口を開いたヨシダさんの声が震えているのは、やはり怒りのためか。しかし矢崎はなんの警戒もせず、あーいや、別にそんな大したアレじゃなくて、や、大したアレじゃないって言ったら真剣みがなくなるからダメだけど、シンプルにそう思っただけなんすよね、こいつが言ったように今日たまたま初めて会って、会ってっていうか、正味一時間とか、それくらいしか接してないんすけど、なんかでも、ぶっちゃけヤエちゃんを見た瞬間から、うわ、俺、この人すげえ好きだわ、マジ好きだわ、普通に付き合ったりしたいわ、とか思っちゃって、いや好きになるの早すぎだろって自分でも思うけど、でも好きなもんは好きなんすよね、なんてあっけらかんと答える。

自分の思うことはなんでも正直にウソ偽りなく話すのはこいつの美徳だし、ヤエちゃん、というかサカナさんを好きになってしまうそのこと自体はどうでもいいとして、少し前にそんなに好きでもなさそうな人と結婚して高知に行くということを聞いていたばかりの俺はもちろんそれをつっこみたくあり、しかもサカナさんに一目ぼれのような状態でそれを言っていたことになるわけで、でもそれを話に出せばややこしくなるばかりだから黙っていると、ヤエさんは素敵な方ですからね、あなたの気持ちはとても理解できます、とヨシダさんは逆上したりせず、至極よくわかるというふうに言うから、もうわけがわからなすぎて笑える。ホント、みんなヤエちゃんが好きだよねー、別に厭うような感じではなくミサキさんも重ねれば、この街の、いやこの世界の良心だとつくづく思いますよ、心からそう思います、ヤエさんの存在によって僕は生かされているようなものです、天皇陛下の前に出しても恥ずかしくないくらい高潔で清浄な方ですよ、なんてヨシダさんはやたらとサカナさんを持ち上げるが、天皇がどうとか独特すぎていまいちピンとこない。

「へー、ヤエちゃんってそんなに人気者なんすか」

「そうだね、なんか天性の人たらしっていうか、まあ見ての通り顔もだいぶかわいいし、性格も明るいし、誰に対してでも求められたら全力で応えちゃうっていうか、たぶんいきなりいなくなったっていうのも他に約束があったとか、急に声がかかったとか、そういう感じじゃないかな、友達が尋常じゃなく沢山いるみたいだし、毎日朝から晩まで誰かと会ってるみたいな生活らしいから」

「芸能人みたいっすね」

「ホントそうなんよ、実際ちゃんとした仕事とかしてないっぽくて、ここもそうだけど知り合いの店を手伝ったり、おごってもらったりとかで暮らしてるみたい、実家が大金持ち説もあるけどね」

「すげーな」

「じゃあやっぱ、ライバルは多いんですかね」

「んー、特に浮いた話は聞いたことないけど、それも芸能人と同じで一線を越えようとする人があんまりいないんじゃん?もし誰かと付き合ってるとしても知り合いの知り合いとかじゃなくて、本当に誰も会ったことない、みたいな人だと思う、しらないけど」

「なるほど、じゃあ逆にチャンスかもしれないっすね」

「なんでだよ」

「だって俺もほぼ初対面じゃん、よく知らない同士だからワンチャンあるだろ」

「ワンチャンって大学生かよ」

「意味わかんないけど、いいんじゃん、告っちゃいなって」

自分には関係ない、どうでもいいといった感じのミサキさんは眼鏡をはずそうとするそのときにレンズに映る瞳の大きさは変わらなかったから度が入っていないようだが、サカナさんのファンというかほとんど神聖化していそうなヨシダさんは二人のやりとりに口をはさむことなく、チャンスかもしれないなんて矢崎の不遜ともいえる発言を咎めるわけでもなく、呆けたようにハートランドの瓶を握ったり離したりしていた。ミサキさんの話を真に受けるならば、俺がキザキさんの求めに応じたサカナさんと会い、わけのわからないまま酒を飲み、飲んでる最中にいきなりいなくなり、再会はしたものの、またすぐにいなくなってしまったこともなんとなく理解できるような気がして、いやウソ、理解なんかできないが、サカナさんの人となりはどうでもいい俺の関心事は矢崎がわりと本気になっているらしいことで、っていうか、お前はヤエちゃんの連絡先は知らないんだよな？と俺に確認をとってくる。知らないね、そう答えれば、いったいあなたはどこでヤエさんとお知り合いになったんですか、と教授は俺に対しては相変わらず当たりが強いが、あー、じゃあ私が教えてあげるよ、ミサキさんはスマホをするする触って、サカナさんの連絡先が載っているらしい画面を矢崎に見せた。矢崎はすぐさま自分のスマホを出してそれを入力し、ほいじゃあ、さっそく告ってきますわ、とあっさり言って、ちょっとごめん、電話するからごめんと入口側のカウンターの下にある空間を通ってこっちに抜けると外へ出て行った。

「今から告るんだって、すごいねえ」

「すごいっすね」

「君はヤエちゃんに告んなくていいの？取られちゃうかもよ」

「まったく問題ないっす、これっぽっちもタイプじゃないんで」

　俺はわざと教授の反感を買うようなことを言ってみたがまるで反応せず、おし、じゃあ久々に俺がやっちゃおうかな、と入口に一番近いところにいた坊主頭の男性がカウンターをくぐって向こう側に立つ。この店はそうやって客たちがほいほい気軽に接客をする仕組みになっていて、だから教授も矢崎を気にしなかったのだろうか。あの、ヤエさんって、サカナさんとかって呼ばれてませんか、俺は流れとは関係ない、しかし気になっていたことを聞いてみれば、あーなんか、そういうふうに呼ぶ人もいるね、理由は知らないけど、とミサキさんは答えてくれたが、ああ、まったくひどい夜だな、こんなにもひどい夜があるものかな、今夜は大人しく家でブラームスを聴きながら「吸血鬼ノスフェラトゥ」でも見ているべきだったな、たった一人の卑しい人間のせいで、どうしてここまで不快な気持ちにさせられなければならないんだろうな、などと俺にあてつけるように教授は言って立ち上がり、会計もせず、わざとらしく激しく扉を閉めて店を出て行った。

　あーあ、教授怒らせちゃったじゃーん、と坊主頭は俺を見たけれど、どこか喜んでいるふうだったし、気にしなくてへーきだからね、教授さんちょっとイッちゃってるから、なんてミサキさんもかばうようなことを言ってくれて、あまり好かれていないのだろうか。どうせこの先会うことはない人だろうからどうだってよく、そんなことよりも矢崎の告白の結果が早く知りたくて、だけどすぐには戻ってこないから電話は恐らくつながったのだろうが、それからどういうやりとりになったのか、引き続きトマトハイのおかわりを繰り返しても矢崎は帰ってこない。芳しい結果ではなく、その切なさゆえに一人どこかへ消えてしまったのではないかと心配になり、いやまあ、ほとんど面識もないのに告白なんかすれば拒否されるのは当然のことだよなと思いながらも、「おい大丈夫か、生きてるか」とメールを送ってみたが返信はなく、仕方なく矢崎を待ちながら飲んでいる俺も酔いがまわってくれば、入れ代わり立ち代わりやってくる客たちとなんやかんや盛り上がって、カラオケのときに激しくそれを打ち鳴らすことでそう呼ばれるようになったらしいタンバリンくんという若い男が教授はマジでクソなんだよ、あのクソジジイマジうるせーんだよ、などとディスるのに賛同したり、キザキさんとバスに乗ってどこかへ行ったヤナギさんがいつのまにかいて、ギターをかき鳴らしながらひたすらロックンロール！と叫ぶそれにあわせてこちらもロックンロール！と返したり、俺もカウンターに入って酒を提供したことは覚えているけれど、どこかで意識を失ったらしく、うわっ、と身体を起こせば同じ場所の同じ席にいて、しかしもう客の姿はなく、おはよー、とカウンターにはサカナさんがいて、告ったはずの矢崎はいない。

　十時ちょうどぐらいだろうか、となんの根拠もなく思って確かめてみるiPhoneのバッテリーはもう４％しか残っていず、もう十二時半を過ぎていて予想よりもだいぶ眠っていた。あれだけ酒を飲めば、尿意や喉の渇きでどうしたって目覚めてしまいそうなものなのに、頭もやけにすっきりしているし、身体のダルさもないどころか、こんなに気持ちよい目覚めはめったにないそれを不思議に思いながら、ところで他人の家に泊まったのはいつぶりだろうという自問とともに同棲相手と別れるにあたっての引っ越しを手伝い、その返礼として焼肉をたらふくおごってもらってのち、そのまま押し掛けた萩原のアパートだったと答えも浮ぶ。そのアパートのオーナーは近所にある銭湯を経営しており、住人は無料で利用できることが決め手になったと萩原は言っていたが、ともに引っ越しを手伝った矢崎の結婚式の夢を俺は眠っているあいだのどこかで見ていた。それが催されたのは式場やレストランではなく、なぜか俺の父方の祖父母が今も住んでいる平屋で、その仏壇のある広い畳部屋に矢崎と誰かは知らない結婚相手が、そして親族らしい人たちがみっちりと敷き詰められた座布団の上で窮屈そうに正座していた。そこに入ることができない血縁でない参列者は縁側を隔てた庭に突っ立っていたけれど、盆正月になれば、その畳部屋で親戚一同が集って寿司やから揚げやピザなどつまんだり、トランプや人生ゲームや麻雀に興じた懐かしい思い出があったので、そこは本来自分たちがいるべき場所だ、なんで関係ないお前らが勝手に占領しているのだと夢の俺は憤りを覚えたのかもしれない。

　いずれにしてもその夢の内容を鮮明に記憶しているわけではなく、それが矢崎の結婚式であるという全体的なイメージというかテーマと会場が祖父母宅だったこと、加えて俺は全裸なのに他の人は別に気にも留めない騒ぎにもならないという、俺の夢にありがちなことくらいしか残っていない。これから矢崎に会ったり、祖父母宅を訪れたときに唐突によみがえることがあるかもしれないとして、季節を問わず眠るときはいつも素っ裸である俺は、だから服を着たまま眠ったのもやはり萩原の家に泊まって以来ということにどうやらなりそうだったが、そういう夢を見たのは昨日矢崎から結婚すると聞かされたからだと考えるのが自然だった。しかしそう告げて、数時間も経たないうちに矢崎は昨日初めて会って少し飲んだだけのサカナさんを本気で好きになってしまったらしく、その気持ちを伝えるために電話すると宣言していなくなった。

　だけど、そんな電話はかかってきていないし、かかってくれば丁重にお断りするし、そんな短時間で好きになる意味がわからないし、つうか結婚するとか言ってたのに告ってくるとか、普通に怖いんだけど、っていうか、でも人の好意を勝手にしゃべったらダメなんじゃないの？とサカナさんは言った。告ったと思い込んでいたから、それは不可抗力だと否定したかったが、大体、私はあの女と番号なんか交換してないし、あいつ大人しそうに見えてサブカルクソビッチでマジヤバいからね、しかもコミュ力のカタマリだから超絶タチ悪くて、上手いこと人間関係調整してさ、表面上は波風立ってないけど、裏ではめっちゃくちゃ迷惑かけてんだからね、ホントそのうち刺されるか誰か死ぬかするよ、なんてミサキさんを痛烈にディスったサカナさんに連れられてきた、三部屋連なったメゾネットの真ん中の一階にあるダイニングキッチンで俺は眠った。本来の寝室は二階にあるそうだが、自炊をまったくしないからテーブルセットなども置いていないダイニングキッチンに酔っ払って帰ってきてそのまま突っ伏すことができるように布団を敷いているという話だった。とりあえず寝ていきなよ、起きて私がいなかったら鍵はあけっぱで帰っていいからね、サカナさんはそう言って、まだ予定があったのか、さっさと翻ってしまったけれど、こんな広い家に一人で住んでいるのは妙だなと思いながらも始発にはまだ時間があったし、とにかく眠かったのでその言葉に甘えた。

　身体を起こして、この部屋にサカナさんがいないのはわかっているものの、部屋は涼しく、眠ったときにはついていなかったはずのエアコンが動いているから帰ってはきたのだろうか。それとも別の誰かがいるのか。布団の上であぐらをかき、さて、これからどうしたものだろうねと思うだけ思って、とっとと家に帰ればいいのだが、やすやすとそうしたくないのは昨日キザキさんと会えなかったことからはじまっているわけのわからなさのせいで、日付が変わってもよく知らない人の家で目覚めているのだから、まだそれは続いている。不意に財布がすっからかんになっていたりしないよな、なんて疑いが生じて確かめてみれば、別に何もなくなってはいない。ミサキさんには別にサカナさんに好意は抱いてないみたいなことを言ったが、サカナさんにまた会いたいというか、もっとしゃべったり酒を飲んだりしたいと思っているのは疑いなくて、それは矢崎のような純粋な好意（本当にそうなのかは知らないが）ではなく、家に連れられてきたのに、久しぶりに異性と夜遅くに二人で過ごす時間が訪れたのに、なにも起きなかった事実に対する歯がゆさというか、えーマジかよ、こんなシチュエーションでなんもないのかよ、という卑しくてみっともなくていやらしい感情に類するものでしかたぶんない。もう充電はほとんど残ってないけれど、とりあえずは矢崎に連絡をするべきだろうか、いまサカナさんの家に実はいるんだと言ってみたい気持ちもあり、でもここはサカナさんの家ではないのかもしれないという可能性に思い及び、それは今までの流れからするとかなり現実味がある。であるならば、さっさと出て行ってしまうのが賢明で、そうしようか、つまらぬ期待などすべきではないか、ひとまずこの部屋を出て二階にいるかもしれないサカナさんに呼びかけてみようか、あるいは知らぬふりをしてもうひと眠りしてみようか、っていうか、ミサキさんがサカナさんの番号を知らないのなら矢崎はいったい誰に電話をかけたのだろうか、そこで相手がサカナさんでないことはわかってもテキトーな会話を続けて、盛り上がれば俺を置いてその人に会いに行ってしまうことくらい矢崎ならやりかねないよな、などとうなような考えていると、俺の逡巡をぶち壊すようにフィーンホーン、フィーンホーン、とインターホンは鳴ってしまう。

すぐそこの壁に受話器はかかっているが、住人ではないのでもちろん取るわけにはいかず、息をひそめて身構えていると再びフィーンホーン、フィーンホーンと響く。やっぱり俺以外には誰もいないのか、それとも眠っているのだろうか、来訪者は誰か、荷物でも届いたのか。ここが俺の家でやってきたのがＮＨＫであれば、テレビはない、ワンセグなども含めて電波を受信する機器はいっさい持ってないどころか、テレビという媒体自体に興味がなく、いやむしろ有害なコンテンツだと思っているくらいで、今後も見るつもりはまったくない、ですからどうぞお引き取りください、ってか、そもそも前に来た方にもそのように伝えているはずですが、とつっぱねているけれど、すみませんねえ～担当者が変わるごとにチェックすることになっていますので～などと間延びした声で言いつつ去っていくとき目元だけは笑っているが、「絶対にいつか払わせてやるからな」という強固な圧をいつも感じて寿命が二カ月くらい縮まったようで恐ろしく、そう遠くない未来に受信料を払ってしまう気がする。宗教の勧誘や最近やってくるようになった果物を売り歩いているらしい人は結構ですと断ればあっさり引き下がってくれるが、それからインターホンは鳴らないので、どうやら立ち去ったらしいと安堵していると、ドスドス、ドスドスとドアを蹴っているのだろう音が続くからビビる。いるのはわかってんだ！出てこいよコラ！みたいな脅しは聞こえてこないが、またしてもフィーンホーン、フィーンホーンが鳴って、一回の間隔がもっと短いタイプのインターホンであれば、きっと来訪者は連打しまくっただろうけれど、ドアに対する打撃音もやまないので、これはもう応じるしかない、そういう流れなのだ、っていうか昨日からずっとそうだったじゃないかと覚悟を決めて受話器を持ち上げる。

「はい」

「あけてー！トイレ行きたいから早く！早くして！」

「えーっと」

「水上くんでしょ！知ってる！わかってるから！いいから早く！漏れるから！」

鬼気迫る人の声は男のようでサカナさんではないが、俺のことを知っているなら話は通じているのだろうとダイニングキッチンから伸びる短い廊下を抜けて上下二つある鍵を開錠した瞬間にがばっと勢いよくドアは開き、ごめんごめんごめんごめん！と早口でまくしたてつつ下車する人に逆らって無理やり電車に乗り込むような勢いで靴も脱がずに玄関を上がって、右手にあるトイレに突入する人の顔は知らない。うふううううう……という低い唸り声とともにドリフのコントのような弾ける排泄音が聞こえて、そんなものは聞きたくはないが、待たせてしまった申し訳なさを感じながら俺はダイニングキッチンに引き返し、敷布団を三つ折りにして空いたスペースに立っていると、いやあマジで危なかったー、人としての尊厳失うところだったーと危機を脱したらしい男性はトイレから出ると靴を脱ぎ、俺が開けた玄関の鍵を上下とも閉めてからこっちへやってきて、いやいや、いきなりビロウな感じですいませんなあ、と恥ずかしそうに笑った。あ、いやこっちこそ、すぐに開けないですいませんでした、俺は形ばかりに謝ると、全然、つうか、ひとんちの呼び出しにでちゃいけないしね、と真っ当なことを言った男性は自然な手つきで冷蔵庫の野菜室を引いて、えっと水上くんも色々謎だと思うけど、まずは飲もうか、と瓶のスミノフアイスを差し出されるから、今日は寝起きからウォッカかよとウケつつそれを受け取る。壁に寄せてある三本足のスツールに男性は腰かけるので俺は畳んだ布団の上に座る。それぞれスクリューキャップを開けて瓶はぶつけず、お疲れっす、と男性は軽く頭を下げたので何も言わずそれに応じた。

「えっと、んー、水上くんはいつ起きたの？」

「あ、や、ホント、今さっきです」

「そっかそっか、それで、なんか聞きたいことあるかな」

「そう言われると、なに聞けばいいかわかんなくなりますね」

「じゃあ、なんも聞かないでいいんじゃね？」

「まあそうなんすけど、とりあえずサカナさんはどうしたんすか？」

「サカナ？あー、ウミミのことね」

「ウミミ」

「俺らはウミミって呼んでんだけど、由来的なこと聞く？」

「いや別に」

「まあ大したアレじゃなくて、ウミって名前で、それにミをつけただけなんだけどね」

「ウミさんなんすね」

「字がちょっと変わってて、有名のユウに深海のシンでウミっていう、初見じゃ読めないだろっていうか、深いが『み』って読むなんて俺は知らないんだけど、知ってた？」

「深い雪でみゆき、とかなかったでしたっけ」

「そうなんだ、水上くんって頭いいんだね」

「いや偏差値42ですけど、で？」

「あー、そんで、なんか用事があるとかで実家行ったって、大宮とかそっちのほうだったはずだけど、日帰りだから夜飲もうってさ」

「へー」

「へーって、水上くんも飲むんだよ」

「そうなんすか」

「問題ないっしょ」

「まあ、はい」

「ウミミについてはとりあえずそんな感じで、で、俺はタナザワね、タナザワイチローです、よろしく、あとちなみにここは俺んちだけど、別にウミミとはそういう感じじゃないんで、それは安心してもらっていいから」

「俺もそういうんじゃないんで、へーきです」

「けどウミミは水上くんのことがだいぶ好きだと思うよ、そんな気がする」

「その割にはめっちゃ放置されてますけど」

「ウミミはね、本当に好きな人とは真正面から向き合えない不憫な奴なんだよ」

　変なことを言ってタナザワさんはうっふふふふ、と自分の発言にややウケたふうに軽く笑う。別に面白くないし、なにを言ってるのかよくわからず、かなりいい加減な人なんだろうことが窺えるが、っていうか、そもそも自分の家なのにどうして入れなかったのだろうか。サカナさんは財布から鍵を出して扉を開けたから、つまりは合鍵かそのもとになる鍵を持っていて、そういう感じではないにせよ、だいぶ深い仲であることは間違いないだろうと勘繰りつつ、まあ昨日からずっとわけわかんないんで、もうわかんないままでいいんですけど、すいません、iPhone の充電させてもらえないすかね、と俺は現実的なお願いをすれば、あー、全然いいよ、ちょい待って、タナザワさんはスツールから腰を上げて二階へ行く。冷蔵庫は一人暮しにしてはかなり大きいが、食器棚もなく台所にガスコンロは設置されているものの、炊飯器や電子レンジも見当たらない。部屋の隅に赤い胴体のコンガが二つ置いてあってタナザワさんは打楽器奏者なのだろうか。というかそうでなければコンガなんて嵩張るものを所持しているはずがないが、でもただ眺めているだけでもかなり存在感があって、コンガかっこいいな、いい形だな、部屋に置いてあるだけでも全然悪くないなと思えてくるからインテリアとしても結構いいかもしれない。自炊はしないとか酔っ払って帰ってきたときに一階で寝られるようにとか、そういうのはサカナさんが作った設定なのか、それともタナザワさん自身の話なのか、結婚する予定だったそれがなくなったその相手はタナザワさんだったりするのだろうか、などと考えているうちにタナザワさんは戻ってきてケーブルとモバイルバッテリーを持ってきてくれる。どうもすいません、助かります、恭しく受け取ってさっそく充電させてもらえば、ってか、水上くんはさあ、ちなみに今日暇だったりするの?と聞いてくるタナザワさんの口調からさっきまでのへらへらした感じはすっかり消えている。その変化に警戒しながら、暇ですよ、と俺は昨日から一貫している、聞かれたことは素直に答える態度を崩さずにそう返せば、あの、水上くんはさあ、死んだ人間って見たことあったりする？と上ずった声でおかしな問いが重なって、話はまったく見えない。死んだ人間を見たことはあるので、ありますよと不可解に思いながらも偽らず答えると、俺は見たことないんだよね、一回もないんだよ、とタナザワさんは表情をゆがめて、スミノフアイスの瓶の先を噛んでカチカチ鳴らす。

「葬式とか、そういうのもないんですか」

「幸いなことにね、じーさんもばーさんもたぶん生きてて、たぶんっていうのは親と絶縁みたいな感じになってるから、死んでるのに葬式に呼ばれてないだけかもしれないけど、それはそれとして、親戚とか同僚とか友だちとか、そういうレベルでも死んだ人は見たことがない」

「なるほど」

「でもあの、実は今日これから見に行かなきゃいけなくて、行かなきゃいけないっていうのもアレだけど、けど見たことがないから、単純に死んでる人を見るのがちょっと怖くて、だからもしよかったら水上くんに付いてきてほしいっていう感じなんすけど、どうすかね」

「どうすかねって言われても、それはさすがに意味がわかんなすぎますよ」

「葬式とかじゃないんで、喪服とかも必要ないから、そのへんは問題ないよ」

「いやいや、そうじゃなくて、そもそも死んだ人を見に行くってなんなんすか」

「いやね、なんか知り合いが死んじゃったみたいでさー」

　自分から風船を手放すみたいにタナザワさんは投げやりなふうに言って、スミノフアイスの瓶をフローリングに置き、空いた両手でスツールの足をつかみ、そういう遊具に乗っているみたいに身体をゆらゆら揺らしながら、まあ知り合いっていうほどの知り合いじゃないんですけどね、と自虐めいて付け加えた。俺が聞きたいのは死んだのは誰かということではなく、その人を見に行くというシチュエーションについてなのだが、直接的な問いを避けるのがこれまでの筋だから、どういう感じの人が亡くなったんですか、なんて、なんだよその質問はとバカバカしく思いながらもたずねると、んーと、マイミク?と疑問形で返ってくる。その懐かしい響きにつっこみたくなってしまいながらも、ミクシィとかもう何年もログインしてないっすね、つうかパスワードとかも覚えてないな、などと俺はなおもくだらない言葉を返せば、今のミクシィ結構いいよー、ツイッターとかと違って平穏な世界っていうか、時が止まってる感あるし、自己主張とか承認欲求もだいぶ少なめだし、コミュニティとかいま見るとなんとも言えない情緒っていうか、思いっきり恥ずかしいけど、でもなんかグッとくるものがあるんだよね、と昔を懐かしむように言ってタナザワさんはスツールの足から手を離し、スミノフアイスを再び握る。

　コミュニティ、あったね、ありましたね、「口元に手をやる癖」とか「傘をさしているのに濡れる」とか「靴ひもがどうしてもほどけてしまう」とか「朝、カーテンの隙間から漏れる光に触るのが好き」とか「すぐに人間関係をリセットしたくなる」とか、確かにいま振り返るとこっぱずかしくてしょうがないけど、誰を傷つけるわけでもなく、素直な気持ちを吐露しながら平和に楽しんでいたよね、と俺も懐かしくなり、でもそれは口にせず、これ以上ミクシィ話をしてもしょうがないので黙っていると、なんか、いきなりさあ、その死んじゃったマイミクの友達っぽい人がね、死にました、みたいな日記を代理で投稿してさ、で、今日まで安置所?にいるから、会いたかったら誰でもどうぞみたいな感じで、だから行こうかなと思ったんだよね、とタナザワさんはぼんやりとしているが、ようやく事情らしいことを説明してくれる。そうなんすね、俺は応じながら「死んじゃったマイミクの友達っぽい人」という回りくどい言葉が頭に残り、なぜだかそれを口にしたくなったが、その人と会ったことあるんすか、とたずねると、芝居がかったようにタナザワさんは首をゆっくり横にふった。

「ないんすか」

「会ったことはないけど、ないんだけど、なんか一時期、もう十年とかもっと前だけど、すごいやりとりとかしてて、もうやめちゃったけど、俺、昔ね、小説書いててさ、その人も書いてて、それでお互いの送ったりしてたの、その人の小説は俺なんかよりもずっと面白くて、俺は賞とかに送っても基本ハシボーなんだけど、その人はいちおう二次とか三次とかには残ったりして、ホントに面白かった、いつか絶対デビューするよなって思って」

「へー」

「でまあ、俺は小説も書かなくなって、ミクシィも離れて、それはいちおう理由があるんだけど、とにかくその人とやりとりもなくなって、でも最近ホントに思い付きでたまたまログインしたら、前みたいに頻繁じゃなかったけど、ちょくちょく日記書いてたのよ、それでまだやってたのかーって嬉しくなって、小説もずっと続けてるみたいだからすげえなって感心したりもしたんだけど、昨日また新しい日記がきたと思ったら訃報だったたっていうね」

「それはなんか、切ないっすね」

「うん、すげえ切ない、いや、切ない？切なくはない？わかんないけど、でもミクシィだから名前すら知らないわけで、路上さんっていうニックネームは知ってるけど、それくらいで、でも、でもなんか、これは会っといたほうがいいんじゃないかなって気が、なぜかすごいしていて、なんでそういう気がするのか自分でもわかってないけど、おかしいかな？」

「どうすかね、おかしくはない、と思いますけど」

「けどなに」

「や、なんか言葉はものすごく適切じゃないけど、自分だったらなんか、初対面で死んでるっていうのはないかなーっていう」

「ん？よくわかんない、どういうこと」

「あ、すいません、上手く言えないです、やめます」

　タナザワさんの反応が急に威嚇的になってややこしくなりそうだったから、発言をさっさと引き取ろうとする俺はどういう思い入れがあるにせよ、面と向かって会ったことのない人との初めての対面で相手が死んでいるというかなり奇妙な状況にすすんで飛び込みたくはない。というか、そんな謎シチュエーションは普通ないだろと思って、でも有名人のファン葬とかだったらあり得るか、いやそれでも死んでいる状態を直接目にすることはないかなどと考えて、なんにしたって俺はタナザワさんではないからその気持ちは理解できないけれど、首をぐるぐるまわしたり、うーん、そうねえ、なんかねえ、なんだろうねえ、とか小さくもらしながら視線をあちこち動かしたり、すーっと息を吸ったり吐いたり、頰の肉を引っ張って離したりする合間にスミノファイスをちびちび飲んでタナザワさんは、え、じゃあ、もしウミミが死んだらさ、水上くんは葬式には行かないの、とおかしなことを聞いてくる。行かないっすね、と即答しそうなところを踏みとどまれたのは質問が斜め上過ぎるからだけではなく、それを聞いてきたタナザワさんの目が明らかに潤んでいるからで、俺は反応に困ってしまいながら、うーんと唸りつつ何か考えているような態度を取るフリをしていると、俺もウミミも水上くんがもし死んじゃったら、葬式行くからねっ！絶対に行くから呼んでよね！なんてタナザワさんは絶対に泣くまいという意志が込められたような震えた声で発する。

え、なに、なんでこの人ひとりでいきなりエモってんの、エモるポイントがまったくわかんないんすけど、と呆れつつバカにしながら、つうか、そもそもどうやって俺が死んだ情報を得るんですか、今日これからそんなに親密になっていくんですか、呼んでよねって、いやそんとき俺は死んでるんですけどね、と冷静に指摘したくもなりながら、俺だってそりゃ、お二人の葬式に行きますよ、行くに決まってるじゃないすか、なんて思ってもないことを言ってしまうのはそのほうが面白いからで、それをきっかけにタナザワさんの涙腺は一気に崩壊する。大人がわんわん泣くところなんてめったに見られるものではないから動画を撮ったりしたくなりつつ黙って見守っていると、やがて泣き止んだタナザワさんに水上くんありがとう、本当にありがとう、水上くんと出会えて、俺、本当によかったよ、と出所のわからない感謝を送られる俺はこちらこそ充電ありがとうございます、マジで助かりました、と謝辞を返し、シャワーを借りて汗を流し、タナザワさんの下着と「みちのくプロレス」の赤いＴシャツまで借りてその死んでしまったマイミクが安置されている場所に付き添ってしまうのも、やっぱりそのほうが面白いからだ。

　自動ドアは開いて姿を現したのはタナザワさんではなく頭にオレンジ色のタオルを巻いて水色のボタンシャツを着た１９０㎝くらいはあるんじゃないかと直感的に思うくらい背の高い男性で、借りているモバイルバッテリーから充電中のiPhoneを触りながら喫煙スペースの席に座って時間をつぶしている俺の前を視線を交わすこともなく通り過ぎて行った。そのまま男性の姿を追っていると安置所のある敷地を出たすぐ正面の横断歩道の前で止まり、うぁい！うぁい！とか叫びながら激しく振り下ろした右手を腿に叩きつけるような動作は、死者と対面したことで沸き起こったやり場のない感情の現れか。信号は変わって横断歩道を渡る最中にもうぁい！うぁい！と発した男性の姿はやがて見えなくなる。うぁい、うぁいと小声で男性の真似をしてみる俺は暇つぶしにさっきからプロ野球やゲームのまとめサイトを眺めているiPhoneはぐーんと振動して、画面には０８０からはじまる数字が表示されているから登録していない人からの着信だ。

　誰からなのかわからない着信は二年に一回ぐらいはたぶんあって、リアルタイムで遭遇すれば迷わず取るし、あとから気づいても必ずかけ直すようにしている。でもそれが過去に登録があった番号を疎遠になったか嫌いになったかして連絡先から削除した誰かだったり、番号を変えた旨の連絡は届いていたのに俺が更新を怠った人だったりすることはなく、ほとんどはセールスでそうでなければ間違い電話だった。それでも毎回取ったりかけ直したりしてしまうのは、自分が知っている人だったらなんか嬉しい、そこからまた新しい関係性が築けるかもしれないという可能性を捨て切れないからで、だけど結局そういうことはないその結果が予想できるからというわけでは恐らくなく、安置所という場所で正体不明の人からの電話に出るという不吉さを避けたかったのか、とにかく今はこの着信に応じたくない、応じるべきではないという強い気持ちがなぜか起こる。それで番号を見つめつつそのまま放置していれば、やがては留守番電話サービスにつながるはずだが、そうなる前にかけてきたその人は発信を止めたらしく、画面は待ち受けにしている俺がしょっちゅう行く近所の中華料理屋「一龍」のセット1番ラーメン・半チャーハン、そしてスーパードライの中瓶に変わると、目が覚めてから何も食っていないことを思って取ってつけたような空腹を覚える。

　ノッポの男性が渡った信号を左手に進めばそれなりに大きなドラッグストアがあったから、なにか食べられるものでも買いに行こうか、ついでにそこいらを散歩でもしてみようかと思えば、自動ドアは再び開いて、今度はスーツ姿の中年男性が出てきたから昨日会った、なぜか知らないが俺にだいぶ敵意を向けてきた教授がよぎるけれど、まったく似ていない。教授は中条きよしに似ていてギラついたようなところがあったが、この人は森本レオみたいにどこか困惑したような顔をしている。視線が合えば、会釈ではなく「礼」といったほうがふさわしいくらいに頭を深く下げるし、こちらへやってくると、あの、タバコを吸っても構わないでしょうか、と言葉遣いも丁寧だ。もちろん喫煙スペースなのだからまったく差し支えなく、喫煙者でない俺が居座っているほうがおかしいので、すいません、どうぞ、とやや恐縮しながら答えれば、いやあ、酒はすっぱりやめることができたんですが、タバコだけはどうしてもダメなんです、二日が限度でした、医者からはこのままじゃ死ぬぞって脅されているんですけど、まあ、タバコが吸えなかったら死んでいるのと同じようなものですからね、なんてタバコをやめられない自分の至らなさをむしろ愛しく感じているみたいにニコニコ微笑みながら、いきなり個人的なエピソードを披露してくる。とは言え、吸っているのは電子タバコだから少しは身体に気をつかっているのか、いや電子タバコのほうが害はないというのは非喫煙者の勝手なイメージで実際どうなのかは知らないけれど、失礼ですが、あなたもコウジロウくんのお知り合いですか、とたずねられるのはタナザワさんが会いに行った路上さんのことだろうか。いや、今日は付き添いで、と俺は付き添いでこんなところへやってくるわけのわからなさをかみしめつつ答えれば、付き添い？と男性は不可解な顔をしてそれはそうだろう。

「はい、友達の付き添いで」

「そうでしたか、それは申し訳ない」

「いや、こちらこそ」

「あなたにはどこか、コウジロウくんの、彼の面影を感じたものですから」

「それはつまり、似てるってことですか？」

俺の問いには答えず、わざとらしく視線を外した男性に思わず友達なんて言ってしまったタナザワさんに連れられて電車とタクシーを乗り継ぎ、一時間ほどでたどり着いた小さな町の公民館のような安置所のエントランスは薄暗く、受付のような場所はあるけれど誰もいなかったし、「御用のある方はご連絡ください」という案内の前に電話が置いてあったものの、指示通りに内線番号を押しても呼び出し音は瞬時に途切れ、すぐに「乙女の祈り」が流れて保留になってしまい、それはずっと終わらなかった。突き当りのエレベーターに乗ってみるとやけに奥行きがあったから、ああ、そういうことかと納得して、行く先は地下一階しかなく、ボタンを押そうとすれば、ミズちゃん、ごめん、ちょい待って、とタナザワさんは俺を制した。電車に乗ったあたりから、その宣言もなくいつのまにかミズちゃんと呼ばれているそれを受け入れ、それでもミズちゃんと人から呼ばれた経験はなかったから違和感はあったけれど、扉は閉まってしかし動かないエレベーターのなかで少し無言になってのち、俺さあ、また小説書こうと思うんだよね、今日のことを書こうと思ってるんだよ、ミズちゃんももちろん出てくる予定だから、書きあがったらちゃんと読んでよね、と言って地下一階へのボタンを押した。タナザワさんが路上さんに会うことにしたのはその死を悼む気持ちは当然あるにせよ、それをネタにしてといったらアレだが、小説を書けると踏んだからじゃないかと俺は思った。

　エレベーターを降りた先は長椅子と細長いテーブルが置いてあるこれまた薄暗いスペースで、奥に扉が三つ見えたが、パーテーションで仕切られているだけで天井との間には隙間があった。長椅子にはグレーのパーカーを着て両手でたぶんゲーム機を持っている女性が一人だけ座っていて、俺たちのほうを少し見たものの、何も言わずに視線を戻した。道すがら何度も確認した、安置所までは同行する、でも路上さんの姿は見ない、そこまではついて行かないという約束のもと、タナザワさんをエレベーターから追い出すようにしてさっさと地上へ引き返し、外の喫煙スペースでかれこれ三十分近く待っているがまだ帰ってこない。うぁい！うぁい！と叫んだボタンシャツの人もスーツの人もさっきは見かけなかったので、どこかの扉の先にいたのだろうか。三つの部屋にはそれぞれ死者が横たわっていて、コウジロウくんというのは路上さんとはまた違った人なのか。もしそうならタナザワさんは違う人の部屋に入ってしまうかもしれず、扉になんらかの掲示はされているだろうけれど、本名すら知らないと言っていたから心配になってくる。さすがにあの狭いスペースで他の死者との面会時間がかぶるようなことはない気もするが、なんかさあ、いつでも死にたくなるよね、いつ死んでもいいと思っちゃうよね、と男性は急にタメ語になって、でもそれは俺に呼びかけているふうではなく独り言みたいだったから、返事はせず、ただうなずくようなそぶりをしてみる。それからまた、あーあ、ダメだ、マジでクソだ、なにもかもが終わってんな、と男性がさらにもらすのはもしかして俺の態度が気に食わなかったのか、喫煙所を離れて自動ドアに近づいたが中には入らずに離れ、扉が閉まる直前でまた近づくという子供のようなことを何度か繰り返してから手にしていた電子タバコを安置所のロビーに放り投げた。そして再び戻ってくると、すみません、僕になにか、心から笑えるような話を聞かせてくれませんか、なんて丁寧な言葉遣いに戻るが、それはちょっと無茶ぶりがすぎるのではないか。

「心から笑える話、ですか」

「そうです、僕はいまとても気がふさいでいまして、いまというかこの二十年ぐらいずっとそうだし、今しがた死んでいる友人を、コウジロウくんを見てきたのだから、そんなのは当たり前のことですけど、それはそれとして、僕はあなたのことをまったく存じ上げないし、この先あなたと関わることも一切ないでしょうから、そういうどうでもいい、何の感情も湧かない、偶然出会っただけのあなたの話を聞いて、楽しい気分になりたいと思っているんです、言ってる意味わかりますか、もちろんわかりますよね？」

「えっと、ちょっとわからないです」

「わからないのは仕方ないことですが、わかろうともしていないですよね？」

「まあ、はい」

「このシチュエーションで、馬鹿正直に答えるのが正解だと思っているんですか」

「正解？って、なんですか」

「あなたがね、あなたが僕の、目の前にいて苦しみを訴えている人間の気持ちをわかろうとしないせいで、僕が鬱屈した気持ちのまま一人で誰もいないさみしい家に帰り、猫のキューちゃんもミュウもとっくに死んでしまって、大切な友人も死んで、じゃあもう僕自身も死んでしまってもいいと思って、いや実際、毎日そう思っているのをどうにか跳ねのけているけれど、でもあなたの冷たさが引き金になっていよいよ抗えず、本当に死んでしまったら、部屋で首をつってしまったら、あなたはとても嫌な気分になりませんか、もちろんあなたのせいで僕が今日死んだとして、それをあなたが知ることはないでしょうけれど」

「いや、それは……」

「冗談ですよ、楽しくもない冗談です、本気にしてどうするんですか、とにかく僕を救うと思って、なにか楽しい話があったら聞かせてくれませんか、お願いします」

　冗談と言うわりに男性は真顔でさっきからほとんど瞬きをしていないから恐ろしく、俺のせいで死んだらとか脅迫めいたことを言ってめちゃくちゃタチが悪い。それはまあ、俺がなにか話すことによって、友人の死に立ち会って落ち込み、本当かどうか知らないが死んでしまうかもしれない人の気持ちが少しでも軽くなるのなら、その手助けをするのはやぶさかではないものの、普通にこれと言って、ぱっと思い浮かぶネタがない。まさか「退屈研究会」の話をこの人にするわけにもいかず、そうっすね、なんかあるかなあ、とりあえずそう言って考えるような態度を取ってみるけれど、本当になにも思いつかず、最近これと言って嬉しかったことも人に自慢できるようなこともなく、自分の人生だってそんなに楽しいものではないよな、この先も希望とか全然ないよな、とか思ってややむなしくなりながら、古典落語をいくつも暗誦していて、だけどお前らはろくに内容も聞かずにからかうだけだから絶対にやらないと頑なに言って見せてくれない安西であればこんな窮地もたやすく乗り切れるのだろうか、矢崎は円周率を三百何十桁覚えているらしいその正解を誰も知らないのに３．１４１５９２……とべらべらまくし立てるそれが妙にウケるし、萩原だったら馬券をネットで買って結果を見ずに眠り、目を覚ましたら百何十万ついていたのは自分の予想が的中したのではなく、レースを間違って買ったそれがたまたま当たっていたというとてつもない豪運話をするんじゃないか。俺も知らない人に話を振られたときのために適当な小話の一つや二つ用意しておくべきかもしれない、芸は身を助けるというからね、などと思いながら何も披露できないでいると、あの、もう楽しくなくても構わないので、なんでもいいから、なんでもいいですから、なにか聞かせてくれませんか、とせっつく男性は明らかに苛立っている。

なんでもいいと言われれば余計に困って、人の話を聞きたいのならラジオでも聞けばいいじゃないかと思うが、えーっと、そうだなあ、と口を開いてみれば、なんか、えっと、えーっと、あの、今年になってから、父がね、俺の父親がですね、なぜか急に再婚相手を探しはじめて、いやもう、離婚してからなんやかんや十年、いや十五年とか、それぐらい全然経ってんですけど、別にその間、そういう婚活みたいなことはしてなくて、いや、知らないだけでしてたのかもしれないけど、少なくともそれを大っぴらに言ったりしてはいなくて、なんだけど、最近は中高年のお見合いパーティーみたいなやつに参加したり、あとフェイスブックで同級生に会ったり、マッチングアプリとかそういうのまでやってるとか、そういうことをなんか自慢するように言ってきたりで、なんか見境ないっていうか、そこまでして再婚したいのかよって、じゃっかん引いてるようなところもあるんですけど、でもそういうガツガツした態度が功を奏したのか、どうやらいい人がいるらしくて、今度お前に紹介しようかとか言われるのを、いや、まあでも、まだいいかな、そのうちね、本当にそうなったときでいいよ、みたいにはぐらかして、だって父親の再婚相手とか会うのは普通に気恥ずかしいからですけど、でもどういう人なのかちょっと気になってるといえば、気になってはいるんですよね、なんかだいぶ年下みたいだし、なんて俺はべらべらしゃべっている。父の話がいきなり出てきたのは自分でも謎で言っていることに嘘偽りはないが、お父さん、おいくつですか、と質問を投げかけられるから、五十六です、自分は三十六で、だから父親が二十歳のときの子供で、まだ全然若いんですよね、俺は軽い情報を付け加えて答える。そうですか、僕のほうが年上なんですね、と言ってどこがツボなのかわからないが男性の表情はほころんでいるので、とりあえずは要求を果たせたのだろうか。

「お父さん、再婚できるといいですね」

「そうっすね、なんかまあ、好きにやってくれたらそれでいいなと思います」

「僕も離婚経験がありますけど、もう一度結婚しようとは考えたことないな」

「そうなんですか」

「たった一年半でしたけど、どうして結婚なんかしてしまったのだろうって、今でも毎日思い出してとんでもなく不快になるような、本当に地獄みたいな日々でした、結婚は墓場だと言いますけど、そんな甘いものじゃない、地獄ですよ、生き地獄です」

「なるほど」

「あなたの暢気な顔を見ればわかります、あなたは結婚したことはないでしょう」

「ない、ですけど」

「あなたは結婚できないですよ、よかったですね、地獄を味わわなくて」

　表情はやわらかいまま俺は結婚できないとかいきなり断じられて、まあ自分でもそうだろうとは思って、しかし地獄であるらしいのに父が再婚できたらいいとなぜ言ったのかさっぱりわからないが、ああ、それにしても全然楽しい話じゃなかった、ひどい話だった、聞いて損してしまったな、まったくの期待外れだな、余計に死にたくなってしまったな、などと俺をディスってくるから、だいぶイカれている。けれども、あんたがなんでもいいって言ったじゃんかよ！と反論したい気持ちも起こらないのは触らぬ神に祟りなしと防衛本能が働いたのか、確かに楽しい話ではないですね、すいません、なんて謝れば、ああ、まったくだ、こんな話を聞かされたら、家に帰って死ぬのもやむを得ないな、やっぱり今日死ぬ運命なのかもしれないな、死ぬか、死んでしまうか、と話はそこに戻る。飛び抜けてヤバいおっさんだと呆れながら、そっすね、もう死んじゃってもいいんじゃないですか、とまではさすがに言わないけれど、死んじゃうのもやむを得ないですね、とやんわり同意してみると、あなた、どこまでもコウジロウくんっぽいね、なんて心底うんざりしたように面影があるらしい人のことをまた持ち出して男性は、ダン、ダン、ダン、ダン、と右足で力強く地面を踏み鳴らすのは、なんのアピールなのか。ねえ、コウジロウくんって、どういう人だったの、俺も思い切ってタメ口でたずねてみると、知らないよ、自分で考えなよ、僕は死ぬよ、死ぬからね、君のせいだからね、君は人殺しだね、一生幸せになれないね、君は犯罪者だ、厄介者だ、無期懲役だ、死刑だ、君に関わった人はみんな不幸になる、鬼だ、悪魔だ、鬼畜だ、怨霊だ、キチガイだ、早く出て行け、この星から出て行け、などと小刻みにボソボソと悪態をつきながら男性は喫煙スペースから離れていく。死なないほうがいいっすよー、去っていく背に向けて呼びかけてみると立ち止まったが、こちらを振り返ることなく、頭上を左手の人差し指でさしてから二度まわして手のひらを開いてまた歩いていく。いやいや、クルクルパーはおっさんのほうだろと思いながら俺もその動作を真似てみる。ミズちゃん、ずいぶん待たせちゃってマジでごめんね、とようやく現れたタナザワさんはギターケースを背負った礼服の男性とさっきのパーカーの女性を伴って帰ってくるから、もう一波乱ありそうな予感を覚えて身構えつつ、路上さんには会えましたかと聞いてみると、うん、ミズちゃんのおかげさまで会えたけど、えーっと、とりあえずフユキくんとミフネちゃんね、タナザワさんはさっそく二人を紹介して、サトウフユキです、ミフネでーす、と挨拶される。

「水上です、えーっと、路上さんの知り合いの方？」

「ううん、そうじゃなくて、みんな死んだ知り合いは別々なの、ね？」

「そうそう」

「死んだ知り合いは別々、とは」

「俺は会社の同僚が交通事故で死んで、それに会いに来て」

「わたしはよく行ってた古本屋の店員ちゃんが自殺してね」

「つまりは死んだ知り合いは別々」

「なるほど」

「んで、ミズちゃんならだいたいわかると思うけど、さっきの暗いとこで立ち話したらなんか意気投合して、じゃあちょっと一杯飲みますか的な流れになったたっていう、そういう感じ」

　タナザワさんはにやけ顔で言って、俺もああそうですかとしかもう思わないけれど、ミズちゃんも誰か死んだの？とさっそくタナザワさんの呼び名にならっているミフネさんに聞かれる。いや、タナザワさんの付き添いで、俺はさっきおっさんに聞かれたことをまた答えると、そうなんだ、死なないでよかったねー、とミフネさんは軽い口調でそれ以上はつっこまず、タナザワさんも補足するわけでもなく、つうか、さっきも言ったけど、交通費も怪しいくらいでマジで金ないから、おごってもらうことになっちゃうけど、平気？とだいぶ切羽詰まった感じで二人を見るフユキくんがちゃんとした葬式ではないにせよ礼服なのはわかるが、ギターケースを背負っているのはおかしく、もしやここに来るための服装ではなくて、どこかで演奏してきた帰りとかそういうことなのだろうか。気にしないの、わたしこう見えて家賃収入めっちゃあって、腐るほど金持ってるからいくらでも奢るし、いやまあ、奢るっていうと上から目線みたいだけど、みんな死んだ人に会ってきたんだからさ、厄除け的な意味でもどんちゃん騒ぎしなきゃダメだと思うわけ、だから単純に人は多い方がいいじゃんっていう話で、ね、ミズちゃんだってそう思うっしょ、とミフネさんに話を振られる俺はだから死んだ人には会っていない。ただまあ、言っていることはわからんでもなく、狂ったおっさんにディスられたその厄を払いたい気持ちもあるので、俺も金はまあまああるから、全然おごりますよ、などとフユキくんを安心させるようなことを言ってみるけれど、え、三人ともそんなに金あるんすか、エグいっすね、とやや蔑むように答えるその表情は芳しくない。それでも、ちゃっちゃと飲み行こうぜとタナザワさんに促されて一緒に安置所を離れようとしたが、さっきボタンシャツの男性がうぁい!うぁい！と叫んで腿を叩いた信号待ちで、すいません、俺、ちょっと死体のとこに戻りますね、と言うや否や俺たちに背を向けて駆け出してしまった。

「死体のとこって、ひどい言い方だな」

「金ならあるって言ってんのにね」

「そういうアレじゃないんじゃないすか」

「じゃあどういうアレよ」

「わかんないすけど、ってか、タナザワさん、路上さんと会ってどうでしたか」
「どうって、いや、なんか、あーこれが、死んでる人なのかあって思ったよ」
「なにそれ」
「いや率直な感想だけど、あと路上さんの妹さんがいて、なんか彫刻とかやってる人らしいんだけど、兄さんの身体彫ってみたいなーとか言ってウケたよ、死体彫るんすかって聞いたら、石とか木は放っておけるけど、身体はどんどん腐敗してくから、そのリアリティとかダイナミズムと戦わなきゃいけなくて、それはすごいゾクゾクするとか言ってて」
「やベー人っすね」
「でしょ、だからライン交換してさあ」
「だからの意味がわかんないよ」
　だらだらと道端で三人話をするなかで、さっきのスペースにあった左の扉から路上さん、古本屋の店員、フユキくんの同僚がいて、タナザワさんはなにも気にせずに左の扉を開けたら正解だったとか、しかしちゃんと扉の脇に名前が記されたコピー用紙が貼ってあり、でもそれが丸文字のゴシック体だったので死者を軽んじてるようだとフユキくんが憤ったとか、背の高い人も俺をディスったおっさんもミフネさんが会いにいった人、つまりコウジロウくんの知り合いでそれぞれは面識のない同士だったけれど、部屋の中でひとしきり思い出話に耽り、だけどミフネさんは二人ほどコウジロウくんに思い入れはなかったからいたたまれなくなって出てきた、というようなことがわかってもフユキくんは戻ってこなかったので、来るつもりはないのだろうと判断して俺たちはタクシーを止めた。最寄り駅までというところを電車はめんどいというミフネさんの意向に従ってタナザワさんの住む町まで乗ることにしたが、やべ、マッドな彫刻家からさっそく飲みの誘いが来たから行くわ、とタナザワさんが途中下車すれば、それから何百メートルも進まないうちに、先におりまーす、とミフネさんもいなくなってしまった。俺はそのまま一人目的地に向かいながらタナザワさんにこれから飲むことになっていたはずのサカナさんの連絡先を問合せてから、さっきの知らない着信が気になり、かといって運転手に通話の内容を聞かれるのもなんだなと思って「ごめん、出れなかった」とわかっているふうを装ってショートメールを送れば、すぐさま電話がかかってくる。これはセールスではないと思って俺はタクシーを止め、代金を支払って着信に応じると、えーっと、あの、ひょっとして、ハルオミくん？と手探りで聞いてくる声に覚えはないし、俺はハルオミくんではなかった。

　おう、水上さんよ、ずいぶん遅かったじゃねえか、なにしてたんだよ、などと荒くれものふうな声色を作って俺は住んでいる二階建てアパート二階の端の部屋の前の壁にもたれていた矢崎は昨日と同じ服装だったから、家には帰っていないようだ。なんやかんや色々あってね、と簡単に答える俺はいつからそこにいるのか知らない矢崎に事情を聞いたりせず扉を開ければ、邪魔するぜとキャラを崩さず一緒に入ってきて、ビーズソファにどかっと腰をおろす。室内の湿った空気を入れ替えるべく窓を開け、冷蔵庫に常備しているキレートレモンサワーを二本取って矢崎に渡してやり、マットレスに座れば、相変わらず味気がない部屋だなあ、と呆れたように言われる俺の狭い１Ｋには目を惹くようなものは確かに置いていなくて、収納には贔屓にしているジャイアンツのタオルやらユニホームやらグッズが少しあるけれど、特に収集癖もないから部屋を飾り立てるそれらしい何かが集まっているような一画もない。プルタブを引き上げ、視線だけ交わして無言で缶を持ち上げ、それから会話がはじまるでもなく、黙ってキレートレモンサワーを飲む俺たちは自分から口火を切るまいと考えている。

ただ、その意志は矢崎のほうがだいぶ弱いこともわかっているので、そのうち沈黙に耐えかねて、なにかしら言うのをひとまず待っていようと考える俺は、昨日から起きている時間はほぼ酒を飲み続け、おかしな人たちと鉢合わせ続けたその影響なのか、さっき我が家の敷居をまたいだとき、他人の家に初めて足を踏み入れたときにおとずれる、頭がクラッとして一瞬意識が飛ぶあの感じに襲われもして、かなり疲れている。その現象はそこで暮らす人が発する匂いとか声とか身振りとか、とにかく生活にまつわるもろもろの事柄がその空間にじっとり馴染み、定着するそれを別の場所で生きている自分が感じ取るときの違和感というか拒否感みたいなものなんじゃないかと俺は思っているが、初回限定であることがほとんどで、再びその場所に訪れたときはもうやってこない。唯一の例外は子供の頃に菓子やアイスを買いに出かけた「関谷寿美子商店」というおばあちゃんが一人で営んでいた薄暗い日用品店で、いつ行っても頭がクラっとするそれに病みつきになってしまい、半ばそっちを目的に通っていたところがあって、いま思えば非合法なことをしているみたいでおかしいが、なんにせよ矢崎と面と向かうよりも、ちょっと寝たいという気持ちのほうが圧倒的に強く、まだまだ残っているキレートレモンサワーを楕円形のテーブルに置いて寝転がれば、お前まさか、この期に及んで寝ようなんて考えてないだろうな、なんて詰問してきて、いったいなにがこの期に及んでなのか。

「寝るつもりはないけど、眠いことは紛れもない事実だから、そのうち寝る」

「寝るつもりはないなら寝るなよ」

「自分の家なんだから寝たってかまわないだろ」

「寝ちゃダメだ水上、耐えるんだ、気持ちを強く持て、目をあけろ、眠気を吹っ飛ばせ」

「うるさいよ」

「お前が寝たら、俺が暇じゃねえか」

「プレステでもやってろ」

「失敬な、それが客人をもてなす態度か」

　開き直った矢崎は頭の悪いことを言うので、いやだから、お前が連絡もせずに勝手に来たんだろうがとつっぱねたくなるのをこらえて、眠いんだよ、とそれだけ返す。俺はまったく眠くないね～五十時間は起きてられるぜ～と誰かの曲なのだろうメロディに合わせて勝ち誇ったように歌う矢崎はあれからどうしたのか、気にならないことはないものの、それをつっこむだけの気力は最早なく、あー眠い、と無意識に発してしまいタオルケットを股に挟んで矢崎に背を向けるような姿勢を取って目をつぶれば、瞼をぎゅっと押し込むような眠気がもうやってくる。寝る、これは寝る、確実に寝る、起きてなどいられない、寝よう。俺は眠気に我が身を預けることに決めると、おい！死ぬな！水上！目を覚ますんだ！ヒカルさんが待ってるんだぞ！死んじゃだめだ！起きろ！お前はこんなところで死んでいい男じゃない！と立ち上がった矢崎が身体を揺さぶってくるからバカバカしく、まったく面白くもないし、面白くないことの面白くなさにウケてしまうほどの元気もなく、つうかヒカルさんって誰だよとかちょっと思うが、とにかくウザったいだけに過ぎなくて、けれどもその苛立ちで眠気はやや引いていく。なんだよ、俺は眠いんだよ、寝かせてくれよ、ビーズソファに戻った矢崎に貧弱な語彙で抗議すれば、まあまあ、寝る前にとりあえず俺の話を聞いてくれよ、と笑って黙っていることは諦めたらしい。

「話ってなに」

「そりゃお前、今から告ってくる！って啖呵切って、それからの顛末に決まってるだろうよ」

「あー、なんか、そういうこともあったね」

「あったねじゃないよ、もっと食いつけ」

「そんな食いつくようなネタでもないだろ」

「まあ結局は告れなかったからな」

「そうなんだ」

「そうなんだよ、不憫だろ？」

「不憫だな、本当に不憫だ」

「まあ冷静に考えて、俺には結婚を約束した人もいるから告ったらアウトなんだけどさ」

　何を今さらということを矢崎は平気な顔で言ってキレートレモンサワーをぐっと勢いよく飲み、つか、これ、酒にしてはすっぱすぎじゃね？健康飲料じゃんかよ、などと不平をもらす。その酸っぱさがいいんじゃないかと思っている俺はミサキさんだったっけか、サカナさんがサブカルクソビッチだと罵っていたあの女性が自分の番号を知るわけがないと言ったから矢崎が告れなかったことも、そして告られたとしてもきっぱり断られることもわかっていた。告れなかった矢崎がどうして戻ってこなかったのか、それがこれからの話なのだろうけれど、つうかさ、俺のしたことは結婚前の不貞行為ということになっちゃうわけだから、お前にはぜひとも墓場まで持ってってもらいたいんだけども、それはそれとして、お前ってさ、幽霊とかオカルトとか信じるほうだったっけ、なんて妙なことを問われる。どっちでもないな、なんの話だよと思いながらもそう答える俺は信じる・信じないよりは興味がないといったほうが正しく、そもそも幽霊とオカルトは一緒くたにするようなものではない気もするが、じゃあ都市伝説はどうよ、と質問は続いて都市伝説だって同じようなものだ。

　そういうの、や、そういうのって括っていいのかしらんけど、全般的に関心がないね、俺はざっくり答えると、まあ俺もどちらかと言えば信じないほうなんだよね、と矢崎はなんだかつまらなそうに言って話がなかなか見えてこないのは毎度のことだが、そう言えば、昨日こいつの結婚式の夢を見たんだと思い出すついでにその会場になぜかなっていた祖父母宅の敷地の隅に祠というのか社というのかわからないが、そういう言葉でイメージできる屋根付きの小さな赤い建物があり、祖父が車庫を建てるためにそれを動かしたところ、数日後に幾人もの親類が腰や足を悪くして歩けなくなったそれを祟りだと言って、もとあった場所に戻したら無事に治まったという話も思い出す。今でもそれはそこにあって、どういう神様が祀られているのか、なんのために作られたのか全然知らないし、子供に畏れを植え付けるための作り話なんじゃないかと思っているけれど、俺が身近で聞いたオカルトふうの話はそれくらいで自分自身にもそういう体験はないのだが、いや昨日さ、なんかイタコに会ってね、口寄せっていうの？それをやってもらったんだよね、と矢崎は言う。

「へー」

「へー、じゃないよ、ここはもっと食いつくとこだろ」

「だって、まだなんも聞いてないし」

「イタコに口寄せしてもらったっていう、それだけでむちゃくちゃ謎だろうよ」

「自分で謎とか言うなって」

「イタコだぞ！あの好きな人に告るっていう流れからイタコに会ったんだぞ、どう考えてもおかしいだろ」

「わかった、イタコはわかったから、その口寄せ？で誰を呼んでもらったんだよ」

「よく聞いてくれた、気になるだろ」

「なるなる」

「すごい人だよ、誰だと思う？当ててみろよ」

「ヒントは」

「まずはノーヒントでいってみようか」

「めんどくせえな、なんだ、平将門？」

「どういうチョイスだよ」

「わかんねっての、誰だよ、いいから教えろ、ウダウダするんなら俺は寝るぞ」

「お前だよ」

「は？」

「だからお前、俺の唯一無二の友である水上顕を呼んでもらったんだよ」

「はああああああああ？」

どこかに行って戻らなかった矢崎がイタコに口寄せしてもらうに至ったらしいこともそりゃあむちゃくちゃ謎ではあるけれど、その対象が俺であるというのはさらに意味不明で、意味不明というか理解不能で、それはともかく俺は現にこうやって生きているのだから、霊を呼び寄せたりすることは不可能なんじゃないかという推測を察したのか、あ、なんかね、生きている人も大丈夫なタイプのイタコだったんだよ、と矢崎はアホみたいなフォローを入れてくる。どういうイタコだよ！とお笑い芸人のツッコミみたいな調子で言ってしまって、別にツッコミにもなっていないし、つまらないし、すげえ恥ずかしいし、いやでもそう言えばイタコと同じにしていいのかわからないけれど、某有名新興宗教の教祖が生きている人を自分に降ろして色々しゃべらせているよなとか思って、っていうか、だいたいイタコは秋田だったか山形だったか、とにかく東北にあるオソレザンとかいうところにいるんじゃなかったか、みたいなことも考え、しかしそういう細かい疑問はほとんど意味をなさないこともわかっていて、とりあえず一呼吸置こうとキレートレモンサワーを飲めば、変なところに入ってゴファゴファとむせてしまう。な、さすがにイタコは動揺するだろ?と得意げな矢崎をシカトし呼吸をゆっくり整えて俺は、わかった、もうイタコに会うまでの過程とかどうでもいい、イタコに会ったってのも全面的に信じてやるから、なんで俺を呼んだんだよ、俺を呼ぶ必要はねえだろうよ、と詰め寄れば、それはだって、お前が心配になったからだよ、と矢崎はなぜか拗ねたように言ってTシャツの首元に手を入れて肩のあたりをシャカシャカ掻きむしる。心配になったから呼び寄せるということだって、だからこれっぽっちもわからないのだが、俺はね、あんま言うとアレだけど、お前のことがずっと心配なんだよ、それだけはホントなんだよ、なんて重ねられると、いったん追及を止めざるを得ない。

「あのなあ、結婚相手がいるのに初対面の人に会ったその日に告ろうとするお前のほうがよっぽど心配だよ」

「それはなんだ、俺の性格っていうか、俺にとっては正常なことだから問題ないんだよ」

「お前はなにを言っているんだ」

「それに告れなかったし、ヤエちゃんだっけ?あの人はお前が好きなんだよ」

「名前すら曖昧なのかよ」

「……ってか、ぶっちゃけ、やったの?」

「やってねえよ、真剣に聞いてんだぞ」

「すまん、でもヤエちゃんがお前のことを好きなのは間違いないぞ」

「今はその話じゃねえだろ」

「けど、マジでヤエちゃんに好かれてたらお前も悪い気はしないだろ」

「いいから話を続けろ」

「まあだから、とにかく俺はね、お前は大丈夫なのかって常々思ってんだよ、酒飲むたびに思ってんの、高知に行くからなかなか会えなくもなるし、だからなんか悩んでることとかないかなって、聞いてみることにしたんだよ」

「生霊に？」

「生霊にだよ」

「……えーっと、それはさ、俺に直接聞けばよくないか」

「それはそれで気持ち悪いだろ？」

　にへっと決め顔で笑うから殴りたくなる矢崎の言わんとすることが、でもわからんでもないのは、そこまで長くて深い付き合いでもない、暇なときに集まって酒をただ飲んでいるだけの俺たちは人生とか将来とかそういう踏み込んだ話をすることはほぼなく、それはそれでいいというか、最初からそんなことは求めていないというのが共通認識だと思っているからで、矢崎が俺のなんらかについて本気で心配していて、それを突きつけられたとしても俺ははぐらかして真剣に向き合わないどころか、そんな話はしたくねえよと跳ね返すだろう。それはそうだな、と矢崎の言葉をひとまず肯定すれば、萩原とか安西はいいんだよ、あいつらはなんやかんや図太いっていうか、いや違うな、臆病だからかな、まあどっちでもいいけど、なんかあっても大ごとにならないっていうか、最終的には大丈夫だって思えるんだけど、お前はさ、追い詰められたりヤバい状況になったりしたら、結構どうでもよくなっちゃうっていうか、勢いで全部投げ出しちゃうっていうか、正直、いきなり死んでもおかしくないなって初めて会ったときからそう思ってて、いやマジな話、まじめな話だよ、本当にそういう気がすごくして、だからずっと心配してんだよ、と矢崎に結構なことを言われるからたじろいでしまう。

　言った矢崎も動揺したのか、はあああ……と深い息を吐くと勝手に冷蔵庫を開けて、すっぱすぎると文句を言ったキレートレモンサワーを立ったまま飲みはじめる。いま言われたことを反芻する俺は死にたいと思うことなんかそんなにないし、生活に大きな不安もとりわけなく、かといって将来が明るいわけではまったくないが、不満は収入が少ないというくらいで、むしろかなり気楽に、先のことを考えずのんべんだらりと生きていけるほうだと思っている。じゃあ生きることに執着があるのかと言えば、そうでもなさそうな気は確かにして、健康管理なんか一切していないし貯蓄も全然ないから、いつか大病に罹ったり仕事をクビになったりして生活がままならなくなり、なんだかよくわからないままに一人で死んでいくのだろうなんて考えていて、でも死にたくはない、全然死にたくはないんだけれど、俺がどう考えていようとそれは他人が感じ取ることとは関係ないというか、種類が違うのだろうし、心配されている身なのだから矢崎の言葉を頭ごなしに否定はせず、ってか、イタコなんてどうやって遭遇したんだよ、と話をいったん戻す。それは、電話がさあ、電話がね、イタコにつながっちゃったんだよ、と自分でも腑に落ちないというふうに矢崎が答えるのはサカナさんがディスったミサキさんから教わった番号だろう。イタコっていうか、なんか、イタコがいる飲み屋でね、ヤエちゃんだと思ってたわけだからマジ意味不明だったんだけど、声は女だったし、俺もだいぶ酔ってたからさ、なんやかんや話して、あんま覚えてないけど、今なら空いてますけど飲みませんかって言うから、つい予約しちゃったんだよ、と矢崎は仕方なかった、そんなつもりじゃなかったと弁解するように言って、ビーズクッションをつま先で踏んでムニュムニュ変形させる。

「イタコがいる飲み屋って、もうなにもかもがわからねえよ」

「イタコバーって名前のね」

「そのまんまだな、つうか、イタコバーはどこにあんの」

「すぐ近くだよ、ヤエちゃんに連れられてった店の斜向かいくらい、看板も出てたし」

「イタコバーって？」

「そうだよ、イタコバーだよ」

「イタコバーねえ」

「なんか語感がいいよな、イタコバー、イタコバー、イタコバー」

　イタコがいるバーだからイタコバーなんて、どう反応したらいいのか困ってしまう事案を突きつけられて、どうせろくな話じゃないだろうし、もうこの先は聞かなくてもいいんじゃないかという気持ちが芽生えてくる。それで俺は今夜飲むことになっていたらしいサカナさんの連絡先がタナザワさんから届いているので、なんだったらお前、ちゃんと告れるぞとか余計なことを言ってみようかと考えたところで、タナザワさんから教えてもらったこれもまたイタコバーにつながるんじゃないかと考えたら一人でウケてしまい、なに笑ってんだよと咎められる。いやなんでもない、ほんで、イタコバー入ってどうしたんよ、とわけのわからない話なのにいたってマジメな矢崎に続きを促せば、イタコバーって言っても見た目は普通のバーでね、客は誰もいなかったんだけど、カウンターに座って女の子になに飲むか聞かれたからビールにして、バドワイザーかなんか飲んだらさ、じゃあさっそく当店のイタコを呼びますねとか言ってくるわけ、イタコってなんかの隠語かなとか思って、ヤバいとこきちゃったのかとか、あ、これひょっとして、コワモテのお兄さんとか出て来るパターンかなって身構えたんだけど、そうでもなくて、だけどイタコってさ、おばあさんのイメージあんじゃん？白装束着て頭ボサボサみたいな、けど出てきたのがさ、なぜかトレンチコート着たおっさんで、しかも中身がブリーフ一丁だから、うわ、わかりやすい変態だ！ってちょっと笑っちゃったんだけど、こんばんは、イタコのタキトウです、さっそくですが、誰を呼びますか、っておっさんが言うそれがさあ、なんつうの、もう全然ギャグじゃないっていうか、言葉では上手く説明できないんだけど、とにかくすごい声で、背筋がめっちゃ震えたんだよ。

「それはあまりの変態っぽさにビビったとかいうんじゃなく？」

「茶化すなよ」

「すまんすまん、そんで？」

「それでタキトウさんが死んでる人でも生きてる人でもいいっていうから、さっき言ったようにお前をお願いしたの、や、お前と面識ねーだろって、どうやって呼ぶんだよって思うだろうけど、それはスマホの写真見せてね、この人ですって言って、わかりましたって」

「そんな簡単でいいのかよ」

「俺もそう思ったけど、なんかほら、写真は魂吸い取る的なものって信じられてた時代があったって言うじゃん?でもタキトウさんが言うには実際そういうところが本当にあるらしくて、その写真に残った魂のかけらみたいなものをつたってお前の魂まで行きつくんだってよ」

「オカルトだなあ」

「だろ」

「全然信じられないけど、ちなみになんの写真?」

「お前が『涙のリクエスト』を熱唱してるところ、つうか写真じゃなくて動画だけど」

「恥ずかしいよ」

「まあそういう流れでタキトウさんにお前を呼んでもらったっていうわけだ」

　さっき自分もオカルトの類は信じるほうではないと言っていた矢崎の口調はなんだか興奮を抑えているようだし、「タキトウさん」と呼ぶその響きには篤い信頼が隠されているみたいに思える。勘違いでなければ、それはつまり、その口寄せだかなんだかに感化されたということだろうから、矢崎にそう思わせたその内容を聞くのが憚られるし、え、ってか、もしや、ひょっとしてと怖くなってくるのは、俺がサカナさんに連れられた飲み屋でいつのまにかカウンターに突っ伏していたのは、そのタキトウさんなる変態ふうのイタコに魂を呼び寄せられたからなんじゃないか。まさか、もしそんなふうであったら例の新興宗教の教祖に呼ばれた人は片っ端から意識を失うことになるじゃないか、って、いや、そうじゃなくて、そもそも口寄せなんてこと自体がはなからあり得えない、デタラメに決まってるよなと困惑する俺に、話を続けても平気か、と慮ったようなことを言ってくる矢崎に苛ついて、早く先を続けろと答える。うん、そうか、わかったよ、矢崎は俺の意志を確かめるのではなく、自分の気持ちに踏ん切りをつけるようにそう言って、それでタキトウさんにお前を呼んでもらうようにお願いしたらさ、タキトウさんはトレンチコートをばっと脱いでいきなり床に四つん這いになってね、したら、すごいガリガリで、まさに骨と皮っていう感じだったんだよ、んで、なにがはじまるのかと思ったらさ、さっきビールくれた女の子が出てきてさ、手に縄跳びを持ってて、え、そういう展開なのかよと思ったら、タキトウさんをバシバシ叩きまくるわけだ。

「SM的な」

「見た感じはね、でも別に女の子は罵倒とかしないし、タキトウさんも何も言わないでかたまってんの」

「そんなに痛くないってことか」

「いやいや、めっちゃ叩いてさ、あれで痛くないわけがないし、無言で叩きまくるから余計に怖くて、もちろんタキトウさんの背中も真っ赤になって、筋入ったりしてね、クソ痛そうだなあと思ったんだけど、それがどんくらい続いたんだろ、酔ってたからわかんないけどたぶん二十分とか続いて、したら、タキトウさんが四つん這いからうつぶせになってね、女の子もカウンターに戻ってさ」

「ちょい待て」

「なんだよ」

「お前はその光景を黙って見てたっていうのか」

「そうだよ、そもそも俺がなにをすんだよ」

「いや、いきなりそんな超展開になったら、色々つっこみたくなるだろ」

「ドッキリとか見ればわかるだろ、超展開になったらみんな呆然として動けなくなるもんなんだよ」

「つまりドッキリだったわけか」

「ちげーよ、ちゃんとお前は降りてきたんだよ」

お前は降りてきたという言いように俺はゾッとしてしまい、それ以上聞きたくない気持ちが一気に強まるけれど、それでうつぶせになったタキトウさんがすっと立ってね、俺のことをちょっと見て、そのままソファの席に座ったんだよ、と矢崎は話を続ける。そしたら女の子がなんか飲み物出してね、透明だから水か日本酒じゃないかと思うんだけど、それをくっと飲み干してからさ、なにやってんだよ、お前もこっちで飲めよ、っていうその声がさ、もう完全にお前だったの、いやウソじゃなくて、マジでお前なの、リアルにお前でしかないんだよ、もうこればっかりは信じてもらうしかないんだけど、そんなんさ、うわっ！ってなるじゃん、マジかよってビビるじゃん、ビビるんだけど、でも完全にお前だってわかるじゃん、だってお前だったし、お前以外の何物でもなかったし、もう何年も付き合ってるわけだから、完全にお前が降りてる！ってビビりつつも、でもお前だから安心するっていうか、とにかくそういう、わけわからんけども安心してるみたいな、そういう気分になって、そんで、わかった飲もうって隣に座って飲んだんだよ、女の子も一緒になってシャンパン開けたり、ダーツとかもして、なんかすごい楽しくてさ、お前ブルっていうんだっけ、ど真ん中三連発とかするからすげーって感動とかもして、そんでたぶん結局三時間くらいかな、酒飲んで、途中でピザも食ったりして、最終的に六万ぐらい払って、現金なかったからカードで払ったんだけど、店を出てさ、まだ始発動いてなかったから駅前の証明写真で寝ながらさ、あんなに満たされた時間はいまだかつてなかったな、マジで最高に楽しかったなって思って、だから六万の価値は全然あったよ。

「よかったじゃん」

「うん、なんか生きててよかった的な夜だったよ」

「ああそう、そんで？」

「ん？」

「だから、俺の悩みとかそういうことを、生霊はなんて言ってたの」

「は？」

「そういう話にはならなかったんだよ」

「や、いきなりシャンパン開けてさ、イェーイみたいな感じでテンション高くはじまったもんだからさ、あんまりそういう、暗い方向には行かなくて終始楽しく飲んで終わったんだよ」

「なるほど」

「でも安心しろ、お前すげえ楽しそうだったし、生きてるの楽しいぜ！とか酒はマジで美味いぜ！とか言ってすごい笑顔で喜んでたから、俺の心配も杞憂っていうか、うん、お前は大丈夫だよ、なんも心配することはないよ」

「そうか、ありがとう、マジ助かった」

「ホントはさ、すぐにでも生霊と飲んだことを伝えて、お前大丈夫だったぞ！って言いたかったし、一緒に写メも撮ったからそれも送りたかったんだけど、でもどっかでケータイ無くしてさ、だから連絡できなかったってわけよ、ごめんな」

「そっかそっか」

　矢崎の話を総合するならば、要するに変態のおっさんと女の子と飲んでボラれたという結論になりそうで、そのおっさんに俺が降りてきたと感じたことも生きててよかったと思えるくらいのいい時間を過ごしたことも、酒にクスリでも混ざっていたんじゃないかと勘繰ってしまうが、とりあえずは矢崎のなかで俺に対する懸念は解消されたのだから結果オーライなのか、なんて納得できるわけはもちろんない。俺自身が自覚していない不安や悩みを聞けるのではないかという恐怖も含んだ興味もあったのに、単に内容もオチもないどうしようもない話で、すまん、ちょっとションベンするわと矢崎はトイレに入ったタイミングで俺は財布とiPhoneを持って外に出る。駅のほうへ思い切り走れば日頃の運動不足がたたって息が切れてしまう俺は電話をかけると、タナザワさんから俺の番号が伝わっていたのか、アキラくん、どこいんの、いまから君のところに、アキラくんのところに行くから教えて、とサカナさんは俺の名前を呼ぶ。

「あと二十分くらいでつくと思う、つけたらいいな、アキラくんもそう思うでしょ？」なんて問いかけてくる文面の末尾に生ビールの絵文字が五つも連なっているのを見て「思います」と気持ちのこもっていない返事をする俺はそう言えば昨日、改札でサカナさんに氷結のグレープフルーツをご馳走になったのだと思い出し、その返礼にこちらも酒を用意しておこうと駅前のセブンイレブンに向かえば、おー、水上ちゃんじゃん、水上ちゃんイェーイ、と店先で声をかけてくる平井さんは右手にあらびきポークフランクを、左手にはコカコーラゼロを手にしている。

なにやってんすか！と強い調子で応じてしまうのはキザキさんに会えなかったそれを伝えたことの返信がなかったからだが、ん、見ての通り、おやつモグモグタイムだよ、と笑ってかぶりつくポークフランクに付属しているはずのマスタードもケチャップもつけていないのは平井さんの好みなのか。腹は空いていないが、人が食っているのを見ればつい自分も食べたくなって、ちょっと買い物してきますと会釈して店内に入ったものの、残念ながらホットスナックコーナーには見当たらない。アメリカンドッグでは代わりが務まらないので大人しくあきらめ、あの曖昧な文面ではサカナさんの到着までまだ時間はかかりそうだから、平井さんと少し飲んでもいいかと氷結のグレープフルーツとレモンを二本ずつ買って外に出るとポークフランクは食べ終えたのか、平井さんの右手は空いていたが、水上ちゃんさあ、俺ね、実はさ、酒飲めなくなっちゃったんだよねー、なんてダルそうに言ってその代用ということなのか、コーラをぐいぐい飲んでのち、うげえええっと盛大なゲップをキメる。

「それはなんか、体調的なアレですか」

「そうなの、健診の結果が出てね、もうガンマがねー、もうすごかったんだよ、いくつだと思う？」

「どうだろ、３５０とかですか」

「その根拠は？」

「三桁はヤバいって聞くから、さらにちょっと盛ったんですけど」

「そんなんじゃ足りないよ、もう一声！」

「マジすか、５８７とか」

「全然もっとだよ、１３７６とかだったよ」

「四桁すか！さすがにそれはヤバすぎるんじゃないすか」

「ね、マジでびっくりしたよ、志村けんだって６００台だったらしいのにさ、倍だよ？倍志村だよ？すごくない？倍志村だって、さすがに倍志村はマズいよなあ」

　ちっともマズいなんて思ってなさそうな平井さんは気に入ったのか、「倍志村」という単語を連呼する。上半身がふらふら揺れているからすでに酔っぱらっているふうで、だけど酒場でしか会わないシラフの状態で接したことがない俺には判断がつかないけれど、でもどんなに身体を悪くしても酒はやめない、暇な時間があればとにかく酒を飲んでいたい、酒で死ぬならそれは本望だし、肝臓がなくなったって俺は飲む、むしろ死ぬために飲みまくる、とことん酔っぱらって、生きてるんだかなんだかわからない状態で死にたい、みたいなことを言っていて、もちろん実際にヤバい状況を突き付けられたら、それを翻してしまうことは理解できるしそうしたほうがいいが、具合が悪くても病院には行かない、もう二十年は行ってないなんてことも言っていたから倍志村が発覚すること自体が意外だった。あるいは飲んでる最中にぶっ倒れでもして病院に運ばれてしまい検査を避けることができなかったのか、ひょっとしてその結果の確認ゆえに、自分の代わりにキザキさんに会ってくれと依頼してきたのだろうかと勘繰れば、あー、そうだそうだ、そうだった、水上ちゃんに五万あげなきゃいけないんだった、と平井さんは思い出したように言うそれはだいぶわざとらしい。メールしましたけど、結局キザキさんには会えなかったんですよ、発見はしたんだけど目の前でいきなりどっか行っちゃって、俺はおかしなことを言っていると自覚しながらも平井さんを制すれば、そうなの、ごめん、メール見てないんだ、とデニムのポケットをまさぐるけれど、平井さんのキーパッドを覆う蓋がついているかなり古いだろう黒いケータイは出てこない。

　そのケータイの背面には平井さんが小学校四年生のときに仮病を使って学校を休み、家出しようと一人外に出て、これからの長い旅路の前にお祈りすべく立ち寄った、平井さんの地元の米軍とか海軍カレーとかスカジャンに象徴されるいわゆる「ヨコスカ」ではない、葉山とか逗子に近いほうの横須賀の神社の階段の真ん中らへんで拾って以来ずっと持っていたボロボロのお守りの中身の札が、奥さんの浮気が原因で離婚をした十年ぐらい前からセロテープで貼り付けられていた。どうしてそんなものを貼り付けたのか、まったく覚えていない平井さんは離婚のショックで狂ったように酒を飲むだけでなく、知人からもらった限りなくグレーゾーンに近い薬物も服用したその影響もあってか、一カ月ほどの記憶がすこーんと抜け落ちており、崖から落ちる夢で地面にぶつかる直前に目が覚める、あんな感じという言い回しで意識を取り戻したときには井の頭公園の池でスワンボートに乗っていて、札の貼られたケータイと中身のなくなったお守りを手にしていた。自分がなぜ池の上にいるのかなんてもちろんわからなかったし、素肌にオーバーオール一枚という奇態な格好をしていた平井さんはスワンボートの利用時間をかなりオーバーしていて、安否確認のために手漕ぎボートで係員が近づいてくれれば、記憶が途切れている間に取り返しのつかない罪を犯してしまった自分を捕まえにきたのだと錯覚し、スワンボートを漕いでひたすら池のなかを逃げ回ったというのはだいぶ嘘くさいけれど、たとえ作り話であったとしても俺には面白かった。

「えっと、キザキを見たことは見たの？」

「はい、ユニホーム着てたからウケましたよ」

「巨人の話とかしたの」

「や、だから、会ってはいないっていうか、しゃべってはないです」

「そうなんだ、キザキはどうだった？」

「どうっていうか、だから、そんな伝えるほどのこともないですけど」

「そっか、じゃあ死ねばいいのにね」

平井さんは唐突に怖いことを言って話はつながらないし、死ねばいい対象は俺ではなくキザキさんだとは思うものの、平井さんの代わりに会いに来たと言えばそれで話は伝わるということだったが、俺はいったいなんのためにつかわされたのか、二人はどういう関係なのかやっぱり気になって、ここはひとまず空気を変えるために氷結を渡してみようか、渡したらなんやかんや飲むんじゃないかと考えてそれを試してみたくなる。しかし俺の邪な企みを察したのか、でも水上ちゃんさ、酒飲めなくなっちゃったっての、本当はガンマとかまったく関係ないんだよね、そういう表面的なことじゃなくて、もっと根本的で存在論的にクリティカルな問題なんだよ、と意味不明なことを言って平井さんは残り少ないコーラを飲み干してまたゲップするとペットボトルをそのへんに放り投げ、あーマジでウンコだな、なにもかもウンコだし、本当に悲しいから全国の県庁所在地を野糞してまわろうかな、まずは津からだな、などと吐き捨てる。いきなり県庁所在地で野糞ってなんすか、なにゆえ津なんすかとまた怖くなるし、ほんの一分くらい前まではにこやかだったのに、急にめちゃくちゃ不機嫌な感じになる平井さんは俺が知っている平井さんではないように感じられ、であるならば平井さんは本当にシラフであり、あの快活さはアルコールによってもたらされるのかもしれず、それを確かめたい気持ちもあって、こんなところで立ち話もアレだから、なんで飲めなくなったのか、飲みながらじっくり聞きますよとか言ってしまいたくなり、だけど平井さんは純粋に頭がおかしくなっているのかもしれないし、そういう危ないおっさんと関わるよりはサカナさんと飲みたいよなという気持ちもあって、一人で勝手に葛藤していると、じゃあね、水上ちゃんも酒なんか飲まないほうがいいよ、あと部屋の西南西にダルマを二つ飾ったほうがいいよ、と平井さんは思わせぶりな前振りを回収せずに去ろうとするから、え、行くんすか、俺は呼び止めてしまう。

「なんか用があるの、ないでしょ」

「用っていうか、え、飲まないんすか」

「は？バカなの？酒飲めなくなっちゃったって、いま言ったじゃんよ、言ったよね？ちゃんと聞いてた？耳あるよね？ないの耳、じゃあその耳っぽいのはなに？」

「耳はあるしちゃんと聞きましたけど、そういうんじゃなくて、マジで飲まないんすか」

「そういうんじゃなくてってなに、なに」

「いや」

「飲まないよ、もう一生飲まないし飲みたくもない、つうか酒飲みは全員死ねって思うよ、酒飲みがこの世からいなくなればみんな幸せになれるよ、スマップだって解散しなかった、それが本当に悔しい」

「そんなにですか」

「そんなにだよ、だから水上ちゃんともこれでお別れ、見かけても一切声かけないでね、つうかむしろ死んでもらえると助かる」

「いやいやいや、いきなりすぎるでしょ、こないだ飲んだばっかなのに」

「あーあーうるさいうるさい、酒飲んでる奴と話してるとこっちが死にたくなるでもそれはおかしい、おかしい、おかしいぞ、死ななきゃいけないのは酒飲んでる奴だから酒飲んでる奴が死ね早く死ね」

　平井さんは頭を抱えてふらつきながら俺から離れていき、少し距離を取ったところでこっちを向くとみんな死ねバーカ！死ね！死ね！死ね！死ね！と耳障りな声で叫び、履いていたスニーカーをその場に脱いで走り去った。１ミリも理解できない平井さんの奇矯な振る舞いに呆気に取られはするものの、なんだよ、いきなりなんでそんなふうになるんだよ、意味わかんねーよ、ふざけんなよ、お前が死ねよ、さっさと死ね、お前が死ね、キチガイ野郎が、と不快な感情がどるどる沸き起こってくる俺は氷結レモンのプルタブを引き上げてがぶがぶ飲み、あーうめえなあ、最高にうまいわ、酒飲んでるときがマジで最高だわ、まさに至福だわ、酒飲まない奴マジでイカレてるわ、とかわざとらしくぶつぶつ言いながら駅のほうへ歩く。常連とまでは言えないものの、俺が最も通っている小規模チェーンのやきとん屋「野村屋」のカウンター席でちょくちょく鉢合わせ、半年くらい前から席が近いときにはなんとなく言葉を交わすようになっただけの関係性で、どういう人なのかも全然わかっていない平井さんのことはそれでもかなり好ましく思っていたし、だからこそ七万円払うから自分の代わりに人と会ってくれないかという怪しすぎる依頼にも応じたのだったけれど、平井さんが酒を飲めなくなった、酒を飲む奴はみんな死ねというその思想が生まれたのはやっぱりキザキさんが原因ではないのか、であれば、俺がキザキさんに会えさえすれば平井さんの態度も変化しなかったのではないかとなんの根拠もそれを紐解く糸口もなくそう思い、それがないからこそ真実であるように感じられてなんだか切なく、昨日駅前でさっさと声をかければよかった、飲み屋にいきなり現れたときにも呼び止めればよかったと今更になって後悔する俺は、改札前で二本目の氷結を飲みはじめたところで向こうからやってくる人たちのなかにサカナさんと一緒に歩いてくる知らない男性がいた。また新キャラか、勘弁してくれ、しかも男かよ、とうんざりしてその場を離れたくなったけれど、俺を見つけたサカナさんはすっと右手を上げて扇みたいに掌をひらひらさせながらこちらへやってくる。

「わーい、アキラくんだ、久しぶりだね、何年振り？」

「十六時間ぶりとかじゃないですか」

「なんかかっこよくなってない？痩せた？」

「疲れてんじゃないすか」

「あいつはいないの、告ろうとしてきたやつ」

「さっきうちに来たからそのへんにいる可能性はあるかもっすね」

「マジか、つうか、私たちね、行きたいとこがあんのよ」

「どこすか」

「どこって、え、なんて言えばいいの、役所？」

「区民事務所がそのへんにありましたよね？」

サカナさんに聞かれた男性は俺に話をふってきて、確かにジョナサンとかパン屋とかチェーンの飲み屋が入っているビルの三階か四階だったかにそういう区役所的なあれこれをやってくれるところがあり、免許を持っていない俺はそれまで自分を証明するものとして利用していた住民基本台帳カードの更新ができなくなった際にそこでマイナンバーカードを発行してもらった。ありますよ、肯定すればニッと笑顔を見せる男性はMr.Childrenのボーカルに似ているとかなり言われるだろう端正な顔立ちをしているものの、痩せた身体にペタッと張り付いたような七分丈のTシャツには毛筆体の縦書きでデカデカと「鈍感力」などと書かれているからあり得ないほどダサく、いったいどこでそんなシャツが売っているのか、それをどうしてほしくなるのかと思ってしまうが、昨日のサカナさんも忍術を唱えるときに想像される手の組み方（ニン！）が描かれたシャツでやっぱりダサかったその組み合わせに、二人はそういう間柄なんだろうと俺は確信する。ならば区民事務所に行く目的は婚姻届をもらうためか、あるいは今から提出しに行くのではないかと踏んでそれが正解なのかはしらないが、急にやるせなくなって、あー、はい、そういうことね、いやあ、このたびは本当におめでとうございます、とか道化たふうに言ってみると、やー、ありがとうございますー、これからも二人で困難を乗り越えていきたいと思いますー、と鈍感力の男性もへらへら笑う。それでほらやっぱり正解じゃないか、矢崎もタナザワさんもサカナさんは俺が好きだとかテキトーなこと言いやがってともう本当にどこまでも嫌な気持ちになって地面にふて寝したくなってくるが、なにがおめでとーだよ、なんも嬉しいことなんかねーよ、とサカナさんは俺たちをきっぱり否定する。そして俺の目をグッと見て、そうやっていつまでもいつまでもいつまでもいつまでも、大事なことと、大事な人と面と向かわないで、逃げて逃げて逃げて、いい加減なことを言い続けて、へらへら笑ってごまかして死ぬまで生きていくのかよ！と震える声で重ねて、俺が手にしていた氷結を叩き落とし、ずかずか歩いて行った。あーあ、怒らせちゃったー、茶化すように言ってミスチル似の男は転がった氷結を立てるとその上に右足を置いて何度か上げ下げするから踏みつぶすのかと思ったがそうせず、子供の頃、缶ポックリ作りましたよね、なんてどうでもいいことを言う。

「作ったことはないけど、親か誰かが作ったので遊んだことはある」

「地味に楽しいですよね、ポカポカ進むあの感じが」

「そうすかね」

「え、つうか水上さんっていまいくつですか？」

「三十六だけど」

「おーマジだ、タメじゃないすか」

「奇遇だね」

「いやウソですけど、じゃあ飲み行きますか」

「役所行くんじゃないの」

「だって俺だけで行っても意味ないし、水上さんと行ってもさらに意味ないし」

「なにしに行くの、役所」

「そんな話聞きたい？聞きたくないでしょ」

「どっちでもいいけど」

「聞きたくないよね？」

「ねえ、なんで俺たち怒られたの？」

「俺たちって、やだなあ、一緒にしないでくださいよ、怒られたのは水上さんだけじゃないすか」

「そうなのか」

「はー、そんなこともわかんないんすか、悪いのは水上さんだけっすよ、悪いのはいつだって水上さんだけ」

「なんで二回言うの」

「悪いのは水上さんだけだから、水上さんだけが悪いから」

「俺だけが悪いのか」

「うん、どんなときも水上さんが悪い、常に水上さんが悪い、諸悪の根源だ、かっこいいー」

　サカナさんに対して、いったい俺がどんな悪いことをしたのか、それはわからないにせよ、いつだって俺が悪いと自信たっぷりに断じる男の声には脅迫的な説得力があって、だからこその鈍感力なのか、自分の悪さに気づかないようにへらへら笑って生きるのが吉ということなのかなどと思ってしまって悲しくなる俺に、だから、水上くんは悪人なんだから、善人の僕にお金をあげなきゃダメなんだよ、とか命じてくる。その言葉にはまるで感じ入るところがなくて、それは関係ないっしょ、と突き返せば、うん、それは関係ない、水上くんが悪人であるからって善人である僕にお金をあげる必要はまったくない、でも正味な話ね、電車賃がないの、だから五百円くらいでいいから恵んでくんないかな、水上くんだって早く僕にいなくなってほしいでしょ、消えてほしいでしょ、僕がここにいる限りずっと水上くんにウザいこと言い続けるよ、とか絡んでくるので、確かに早くこの人にはいなくなってほしいし、五百円くらいならどうでもいいと財布を見たが小銭は全然ないので千円札を渡す。うわ、お札だ、久しぶりに触ったわ、やべー、質感が気持ちいいー、嬉しいなー、ありがとう大罪人の水上くん、でも誤解しないでね、別にこれで水上くんの罪が軽くなるわけではまったくないからね、俺から千円札を受け取ると男はそれを細かく細かく折りたたみ、鈍感力Tシャツの胸元に放りこむ。そして、じゃあね水上くん、これ以上はもう悪事を重ねないようにね、自分の犯した罪にビビりながら生きてね、開き直ったりしちゃダメだよ、普通に逮捕されるからね、などと警告して改札の方へ歩いて行き、ＩＣカードをタッチしたわけでもないのに阻まれることなくそれを通り抜け、そのままこちらを振りむくことなく短いエスカレーターに乗って進み、ホームへと続く階段を上がって見えなくなった。

　いまこの状態でこの気分で飲み屋に行きたいとは思えず、マクドナルドでビッグマックを単品で買って食べ歩きながら家に帰ると矢崎の姿はなかった。そのままマットレスに突っ伏して眠って見るのは頻度の高い兵役に就く夢で、勤めている職場から一人必ず戦地に赴かなければならないそれを決めるのはクジ引きだったり、じゃんけんだったり、ババ抜きだったり、マリオカートだったり、黒ひげ危機一発だったりしたが、勝っても負けても必ず俺が選ばれるのだった。しかしたった一人だけ戦地に送り込まれるその恐怖や残酷さを感じるわけでもなく、ただ和気あいあいとみんなで楽しんだその結末に俺は選ばれて、それを誇りに思ったりせず、まあ仕方ない、誰かがやらないといけないのだから、誰かが殺すか死ぬかしないといけないのだからとすんなり受け入れて、職場のあるビルから黒い車に乗り込むあたりでいつものように目が覚めて、目が覚めると矢崎とサカナさんはパワプロに興じていた。

「お、起きた」

「おはよ」

「え、なに、なんで」

「お前めちゃくちゃうなされてたぞ、ね？」

「うん、いやだーいやだーみたいなね、そんでうちらがへーきだよ、大丈夫だよとか言ったんだけど、へーきなのがやだー大丈夫なのがやだーとか言ってて、かわいそうだった」

「そうなんだ」

「なんか嫌な夢でも見たのか」

「そうでもない、はずなんだけど、……何時？」

「二時半とかじゃん」

「え、いつの二時半」

「夜中」

半身を起こしてマットレスと壁の間に挟まっていたiPhoneを見ると二時半ではなくもう四時過ぎだった。テレビを見ると試合はヤクルト・阪神戦で九回裏ワンアウトランナー無しで32対26というとんでもない試合になっている。矢崎が阪神ファンなのは知っているがサカナさんはヤクルトファンなのだろうか。告ろうとした矢崎をだいぶ嫌悪していたようだがパワプロを通じて仲良くなったりしたのか。バッターは山田哲人、マウンドに立っているのは藤川球児だがこの回は打ち込まれているようで頭がフラフラしている。すげえ試合だな、思わずこぼしてしまえば、現実だったらひどいもんだよな、と力なく言った矢崎が操作した藤川のストレートは山田哲人に一直線に進んで死球となり、またデッドボールかよ、何個目だよ、サカナさんは苛立たし気にコントローラーを放り投げた。

「ヤエちゃんとさ、お前が起きたらどっか行こうって話してたんだよ」

「どっかってどこ」

「それはお前に決めてもらうってことになった」

「行きたいとことかは、ない」

「まあそう言うと思ったけど、でも考えなよ」

「なにを」

「だから行きたいところを」

「なんで」

「お前の行きたいところに行こうってなったから」

「なんのために」

「お前のために」

「なんで」

「お前が好きだからだよ」

「なにを言ってんの」

「まあ、うちらはパワプロやって待ってるから、ゆっくり考えてよ」

サカナさんがコントローラーを拾えば二人はパワプロを再開して、つうかだからなんでいきなり二人揃ってうちにいるんだよとか思うそれはどうでもよく、行きたいところ、行きたいところ、どっかあるだろうかと思いながら目を閉じる。行きたいところ、行きたいところ、行ってみたいところ、行ったら楽しいところ、考えても特に浮かばず、それでも明日の朝というか昼にはiPhoneの待ち受けにしている俺が好きな中華料理屋「一龍」のラーメン・半チャーハンセットを食べたい、だから「一龍」に行こう、行きたい、そう言おうと思って目をあけるともう明るくなっていて、試合は57対56とさらにスコアは動いた十二回裏ツーアウト満塁でサカナさんと矢崎の姿はなく、ドルドルと湯が浴槽に注がれる音が聞こえる。風呂に入りたい、デカい風呂にゆっくり浸かって身体を思いっきり伸ばしたい、銭湯に行きたい、銭湯に行きたい、と俺は言った。

Ｍａｘとき

Ｍａｘときに乗って二階へ上がってすぐ、俺が座るはずの14号車21D席にはすでにゴツいワイヤレスヘッドホンをつけた坊主頭の男が目をつぶり、腕組みしているからまいってしまう。お笑い芸人みたいに鮮やかな青いスーツに真っ白いシャツ、そして赤いネクタイを合わせているのはもしやトリコロールを意識しているのか、とにかくガタイがいい。乗車券を見返し、席を探すようなそぶりで様子をうかがってみる。男は両腕に時計をしている。どっちも金ピカでまばゆい。すべての指にゴテゴテした指輪をはめている。進行方向一番前の席だから壁にくっついているテーブルを倒してヘビ柄のセカンドバックを置いている。飲み物用のへこみには錠剤のようなものがみっしり詰まった怪しげな瓶。さて、どうしたもんかなと戸惑いながらも、これほどまでに声をかけづらい人に鉢合わせることはそうそうないだろうとテンションはやや上がる。Ｍａｘときはさっさと動き出す。

　イカツい坊主頭の席間違いにも辟易するが、さらに頭を悩ませるのはその隣のE席で眠っているのか、寝ようとしているらしい人で、黒いキャップに黒いアイマスク、口元を隠しているマスクはピンクに黒の水玉模様とポップだ。顔は知らないので見えなくても同じといえばそうなのだが、坊主頭同様に大きなヘッドホンを装着して、完全に外界をシャットアウトしているこの人が山岡の言っていた「代役」のサトコさんということになるはずだ。これからともに旅をする間柄だというのに上野から乗車する俺を待っていてくれず、挨拶も交わさぬうちからこんな姿勢を整えられてしまえば、全力で拒絶されているとしか思えない。知らない人といきなり隣り合うことが億劫になって、ふて寝を決め込むことにしたのだろうか。であれば、最初から来なければいいだけの話だし、急に決まった初顔合わせについてはむしろ俺のほうが被害者なのだが、しかし坊主頭もいることだし、ひょっとしたら席を間違っているのは俺なのかもしれないとうっすら期待してもう一度乗車券を見返すけれど、そんなことはない。俺は正しい、俺はちゃんとしている。さすがに乗る列車を間違えたということはない。「どうしたんだサトコよ、なんであなたは眠ってしまっているのか、旅はまだはじまったばかりではないか、さあ目を覚ましてくれ！」なんて念を送ってみるものの、微動だにしない。こっちのテーブルにはプルタブを起こしていないスーパードライのロング缶とフタがめくられていないじゃがりこじゃがバター味があって、とりあえず酒を飲むらしいのはよかった。

　ひとまず階段を降りてデッキに戻り、旅のはじまりを祝して乾杯するはずだった氷結グレープフルーツを手にし、お疲れ、と小さく発して飲む。今日は連休初日の「憲法記念日」だから自由席に移動しても座れないだろう。サトコさんのモチベーションはどうあれ、俺の席を占有している坊主頭にはどいてもらわなければいけないのだが、いっそのこと、このまま引き返してしまおうか、俺自身には旅をする理由はないのだし、はなからこれっぽっちも気乗りしていないのだから、とっとと帰って連休を謳歌しようかという考えもよぎるけれど、緊急事態だとか俺の進退がかかっているんだとか山岡が早口で要領を得ないことをまくしたてた真夜中の電話で、サトコはなあ、そこここに浮き名を流しているすごい女だからなあ、となぜかそのときだけしみじみ言ったそれに後ろ髪引かれる。そこここに浮き名を流しているすごい女？思わず聞き返してしまい、なんだかいい響きだ、声に出したい日本語だとくだらないことを思ったりしたが、とにかく俺は二十時過ぎには着くはずだから、あとはお前に任せたからな！と山岡は乱暴に電話を切ってのち、ちばあきお『キャプテン』の審判が「セーフ！」とジェスチャーしているスタンプを五連続で送ってくるから意味不明で、なにがセーフだよ、どう考えてもアウトだろうがとわけがわからないながらもそう思って呆れた。

　坊主頭だけでなくその隣にいる人もまた席を間違っていて、というか二人は連れ合いかもしれないが（お互いヘッドホンがデカいし）、サトコさんもまた自分の座るはずの場所がすでに埋まっているのを見て困惑し、反対側のデッキにでも避難しているのではないかと都合のいいことを考える。サトコさんが東京駅から発車間際のＭａｘときに乗り込んだときにはすでに二人がいて、手前の坊主頭に気圧されてしまい、隣にいる人にそこは私の席だなんてとても言えない。ひょっとして、俺をあのイカツい坊主頭だと思って逃げてしまったのではないか。上野の次は大宮、それから先は覚えていないが、一度だけフジロックを見に行ったときに越後湯沢で降りたことがある。駅構内には五百円で五枚もらえるコインを入れるとお猪口一杯分の日本酒が注がれる機械が並んでいる、百種類とか飲み比べできる素晴らしいスペースがあり、会場に向かうシャトルバスに乗る前に同行した友人たちとここからここまでとそれぞれ担当を決め、全種類制覇しようと試みた。そのうち酔っ払ってどこまで飲んだかわからなくなったし、会場についてもライブそっちのけで飲みまくっていたけれど、目的の新潟駅にも同じようなところがあると知って、着いたら真っ先にそこへ向かおうと思っていた。サトコさんは別に俺を避けようとしたわけではなく、本当にとことん疲れていて、つい眠ってしまったのかもしれず、だけどつい眠るには防備が整いすぎているような気もするが、氷結を一気に飲み干して、いつまでもここにいるわけにもいかない、ここはひとつ面と向かって抗議して坊主頭にどいてもらおうじゃないか、と覚悟を決めて二階席に戻れば目を開けていて、錠剤のようなものを手のひらに出しているところで視線が合う。ヘッドホンは首にかけ、ネクタイがなくなったシャツは上のほうのボタンがはずれていて、さっきは見えなかったけれど太い首にはネックレスのように赤い刺青があり、それはラーメンどんぶりの内側の四角い渦巻きみたいな模様に見える。

「あー、すいませーん、ここは俺の席だと思うんですけどおー？」

　意を決して投げかけた言葉は緊張のためか変にうわずって、なんだか挑発しているような口調になってしまったからマズい、やってしまったと思ったが、坊主頭は俺を眠そうな目で見ながら、うん、うん、とゆっくり二回頷いてのち、手のひらに載せているものを放り込む。ボリボリかみ砕く音がするから薬ではなくラムネ菓子かなんかだろうか、咀嚼を終えて、それから自分の乗車券を確認したりせず、そうなの、そうなんだ、ここは僕の席じゃないんだ、知らなかったなあ、だったらさ、この席を僕に売ってよ、いくらでもいいから、僕に、売ってくれないかなあ、僕が買うよ、お金を払って、買ってあげるからさ、とゆっくり丁寧に、だけどぶっ飛んだことを言ってくるからおののきながらも、じゃあ二百万でどうすか?なんて舐め腐った態度で受けてみたくなる。果たしてどんなリアクションが返ってくるだろうか、にわかに激昂して胸ぐらをつかまれたりする危険はありそうだし、うん、わかった、はい、これ、これをあげるよ、とセカンドバックから帯が巻いてある札束を出してきたりもしそうだが、そんな冒険はできるはずもなく、えーっと、だからその、すいません、あの、そこは俺の席なんすよね……と弱腰になって同じようなことを繰り返すと、坊主頭はまたうん、うん、とゆっくり首を縦に振る。それでまた瓶から白いものを出してボリボリやるから、そうなんだ、知らなかったな、じゃあ売ってよ……のループだろうか、という予想はしかし当たらず、ああ、そうなんだ、売ってくれないんだ、売ってくれないなら、もういいよ、邪魔だから、どっかいってよ、はっきり言って、すごい不愉快だよ、君の汚い顔を見てると、気持ちがすごい悪くて、口から内臓が、全部飛び出しそうだよ、なんて口調は変わらないながらも独特な言い回しで思いっきり拒否される。そしてもうお前とは話ができない、交渉の余地は一切なくなったという意思表示なのか、シャツのボタンをとめ、ネクタイを再び締めて、ゴツいヘッドホンを装着し、腕を組んで目をつぶってしまう。呆気に取られつつ、しばし様子をうかがってみるけれど、かたまったまま動かず、あの、すいませーん、とか声をかけても反応はなく、完全に話を聞く気が失せてしまったらしい。恐ろしくて肩を叩いたりなんかもちろんできないし、「サトコさん、そこは俺の席ですよね?俺は間違ってないですよね？」なんて脳内で語りかけてみるけれど、当たり前に何も言ってくれない。こうなってしまってはもうしょうがない、触らぬ神に祟りなし、君子危うきに近寄らず、ヤバい人、危ない人、頭のネジがはずれちゃってる人には極力関わらない主義で生きているのに、話しかけるだけでもよくやった、俺はがんばったと納得することにして、山岡には悪いけれど大宮で降りることに決める。再びデッキに引き返して二本目の氷結を飲み、つまみのチップスターを食べながら、売ってくれとは言われなかったけれど、十年近く前の年末にも新幹線の座席を巡ってわけがわからなすぎる出来事があったのを思い出す。

　新大阪から東京に向かうのぞみの、今日とは違って車両の一番後のA席に座っていると、京都から母親と双子の娘らしい三人が乗ってきた。黒紋付の母親は推定四十代後半から五十代前半、二十歳前後とおぼしき女の子たちは十二月だというのにへそが見えるような短いTシャツにデニムのショートパンツを履いていた。組み合わせの時点でもうなにか起きそうだとは思ったけれど、俺の隣にやってきた三人は一枚だけ指定席が取れなかったのか、お母さんいいよ、私たちはいつもみたいに二人で座るからさ、と片方の子が言って母親はC席に、女の子たちはB席に抱き合うように座った。いやダメだろ、お母さんもなにをしれっと同意しちゃってるんだよとウケながらも厄介なことに巻き込まれはしないかと不安も感じたが、隣の席で女の子たちはさっそくお互いの服のなかに手を突っ込んだり、キスしたりと大変なことになったから、うろたえた俺は顔を背けて寝たふりをした。母親は二人を気にする様子もなく文庫本など読んでいるらしかったが、やがて乗務員が通りかかれば、当然注意された女の子たちは抱き合ったまま、私たちは離れられないんです、二人で一人なんです、といたって冷静に答えた。そんな論法はもちろん通じるはずもないが、お一人様一席で……などと決まりが悪そうにルールを説く乗務員に抗弁することもなく、本来の席なのか、空いているところに変更したのか、あるいは自由席に移動したのか、とにかく女の子たちは一緒にいなくなったけれど、母親は一言も口を挟まず、女の子たちも助けを求めるようなことはなかった。そのままC席に座り続けたからそこはちゃんとおさえていたみたいだったが、そろそろ新横浜に到着するという頃合いになって、あの、すみません、お名前も存じ上げない方に突然こんなことを申し上げるのは誠に失礼かと思いますが、と母親はいきなり声をかけてきた。え、なんすか、動転する俺にその人は、ご忠告致しますが、いまお付き合いなさっている方とは結婚しないほうがよろしいと思います、いいえ、決して結婚してはなりません、式の日取りもすでにお決まりとは存じますが、このまま結婚されてしまいますと、あなたはそう遠くない未来、奥様となる方に謀殺されることになります、謀殺です、おわかりですか、謀って殺されるということです、あなたは必ず殺されてしまいます、惨たらしく、人の形すら保たず、もしくは無実の罪を着せられて恨まれ、憎まれながら殺されるのです、お命が大事ならば、いますぐにでもお付き合いされている方と縁を切ることをお勧めします、私は決して間違ったことは申しません、あなたのためを思ってご注進申し上げているのです、どうぞお命を大事になさってください、なんてだいぶ壮絶な未来予知めいたことを淀みなく言って立ち去った。とんでもなく不可解で結構な恐怖体験ではあり、謀殺ってどんなだよと思って、だけど殺されるとまで言われてしまえば、ビビりながらも一考に値すると判断したかもしれなかったが、残念ながら当時の俺には付き合っている人などいないのだった。それから結婚も離婚もして確かにだいぶ傷を負うことにはなったけれど、いちおう殺されてはいない。

そろそろ大宮に着くらしい。大宮には行ったことがないからちょっと散策してみてもいいと思いつつ、もう一度自分の席を見に行ってみると、さっきみたいに瓶の中身を手のひらに出しているところで目が合うが、今度は軽く会釈されるし、ネクタイもヘッドホンも外しているからまた話が通じるようになったのだろうか。だからそこは俺の席なんですけどね、でももう降りるからどうでもいいんですけどね、なんて最後に嫌味を言ってみたくなるそれを牽制するように白いものをあおってボリボリ噛みながら、ごめんね、さっきは悪かったね、この席は、君のものなんだよね、わかったよ、つい悪い癖が、出ちゃったんだ、本当に、ごめんね、本当に、ごめん、僕が悪かったよ、許してね、この通りだよ、と坊主頭は口にして、この短時間でいったいどういう気持ちの変化なのか。一方的に謝られるとむしろ気味が悪く、悪い癖とはなんなのか、いつもこうやって誰かの席に陣取って、売ってくれないかと脅迫しているのか、言っていることがつゆほども理解できないし、あっさり引き下がられると余計に怖くなってくる。本当にごめんなさい、反省します、これからは罪を償いながら、誰にも迷惑をかけないように、ひっそりと、人里離れた土地で、一人さみしく生きていきます、などと大げさにもう一度謝ってくるのは完全にふざけているとしか思えないけれど、気合いを入れるように頬をペチペチ叩いてヘッドホンを装着し、セカンドバックと瓶を持ってゆっくり立ち上がると後ろのほうへ右足を引きずるように歩いていき、一階へ降りていった。

彼の目的地は大宮なのだろうか、それともまた別の空いている席を見つけて座っちゃうつもりか。改めて乗車券を見返し、ニジューイチノディー、と声にも出して俺が正しいことを噛みしめる。よしっ、とわざわざ小さくガッツポーズまで決めて腰を落ち着ける。両手を紺色のパーカーのポケットに突っ込んで、隣の人は身じろぎもしない。ヘッドホンは坊主頭と違ってワイヤレスではなく、コードもまたポケットに向かっている。荷物棚にはなにもなく身一つでやってきたのだろうか。素足を、俺も履いているのとたぶん同じブランドのアウトドア用のカラフルなサンダルの上にさらけ出している。サトコさんですよね、と声をかけたくなったが、本当にそうなのかはっきりしないので、初めましてと氷結をかかげて一口、二口飲み、「サトコさんっぽい人と合流したっぽいぞ」と山岡に曖昧なメッセージを送っておく。


「一緒に友達の墓参りに行ってくれないか」

そう言ってきた山岡に、俺は行かないと即答した。即答してから友達の墓参りってなんだ、なんでそんなものに俺を誘うんだ、俺も知ってる奴なのかと考えたくらいで、お前に頼みがあるんだけど聞いてくれないか、という前フリの時点でどんなことを言われても拒否しようと思った。

「俺と友達の墓参りにさ」

「行かねえって言ってんだろ」

「なんでだよ」

「行きたくねえから」

なかったことのようにもう一度同じことを言おうとするのをまた遮る。偏差値がだいぶ低くて入試に英語は必須ではない、いわゆるFラン大学の音楽サークルで知り合った山岡と会うのは七年ぶりだった。山岡はその大学では飛び抜けて偏差値が高い（それでようやく並みの私大レベルになるのだが）臨床心理学科だったが、バカ大学のなかでちょっとはマシってだけなのにムダに意識が高くてウザいんだよ、結局はバカなんだから、バカはバカらしくバカをまっとうすりゃいいんだよ、などと同じ学科の連中をディスって、二年になると文学部の文芸創作科に編入した。他の学科とは違って卒論ではなく卒業制作を出せばいいという点も学科を変えた要因であったらしいが、音楽サークルで繰り広げられたどうしようもない、大学生とは思えない昼ドラみたいにドロドロした恋愛模様を暴露するような小説を卒業制作にしたことがバレて総スカンを食らい、卒業後はサークル関係のイベントにもいっさい顔を出さなくなった。でもめっちゃリアリティがあっただろ？なんて山岡は悪びれもなく言ったが、登場人物の名前がたった一文字違うだけというような危ういリアリティだったし、山岡と俺らしい人物がサークル内の恋愛についてあけすけに語り、ゲスなツッコミを入れていくというスタイルは迷惑極まりなかった。それでも俺自身が色恋に無縁だったこともあって卒業してからも年に何回かは飲むような関係は続いたのだが、運命の人を追いかけるためとかなんとか言って山岡は京都へ引っ越せば、それからは疎遠になった。たまにはこっちに遊びに来いとか、実は東京にいるんだと連絡が来ることもあったけれど、なんだかんだあって会うことはなく、一度だけパートナーと京都に出かけたときに「さっき鴨川のローソンで酒買ってただろ、つうかお前、相変わらず前髪が揃った女が好きなんだな」なんて揶揄するようなメールがいきなり届いたから、声をかけろよと思いながらも飲みに誘ってみたものの、事情があったらしくそのときも飲めなかった。「運命の人」とはどうなったのか知らないが、東京でまた暮らすことになったらしい山岡に酒を飲もうと誘われて再会を果たした。

「そうだ、墓参り行こう！」

「………」

粘り強く、ＪＲ東海風に三度言うのを完全に黙殺すると、とりあえず話ぐらい聞けばいいだろと言いたげな顔でまだ半分近く残っていた大ジョッキを一気に飲み干し、お願いしまーす、山岡は店員を呼んだ。大ジョッキのおかわりに煮込み豆腐とアジフライを注文したが、ごめーん、アジフライおわっちゃったーなので、チーズハムカツ！去っていく背中に投げかける。リアクションはないものの、今のタイミングなら注文はしっかり通っているはずだが、それじゃあ、なんですか、先生は慰謝料をガッポリともらったわけですね、などと山岡はもう食べきっている冷やしトマトの皿に残ったマヨネーズを指ですくって舐め、俺の即答と無視に対する意趣返しのつもりか、それじゃあなどとつながらないことを言って俺の離婚に話を戻した。「ガッポリ」なんて言葉は久しぶりに聞いた、俺は口にしたことあるんだろうか、なんてどうだっていいことを思ったけれど、さっき山岡自身がお前も色々あったんだなあ、今日は俺がおごるからとことん飲もうぜ、などと景気のいいことを言って俺の離婚話を打ち切ったはずだった。

「もらってない」

「マジか、もしかして裁判で負けたとか？」

「いや、そもそも要求してないから」

「は？なんでだよ、そこでかっこつける必要があんのかよ」

「そういうんじゃねえよ」

「じゃあなんなんだよ、ちゃんと説明しろ」

「うっせえなあ、お前には関係ねえだろうが」

「いやいやいや、相手が圧倒的に悪いのにおかしいじゃんよ」

「俺が慰謝料なんか欲しくないんだからいいんだよ」

「お前、独りよがりはよくないぞ、ちゃんと筋を通さないと社会の倫理が歪むだろうが」

「意味わかんないこと言うなよ」

「もらえよ、今からでももらえってば」

「うるせえよ」

「なーんでだよ、なーんでもらわないんだよー」

「……エビゾーはなんでだと思う？」

「は？なにがすか？」

「どうしてこの世界から戦争がなくならないんだろうなって」

　山岡の絡みがとことんウザいので、大ジョッキを持ってきた馴染みの店員に関係ない話をふってみる。黒いシャツの名札に「エビゾー」とあるように歌舞伎役者の市川海老蔵にかなり似ているスタイルのいい男前なのだが、あーそんなの簡単っすよ、ガキでもわかりますよ、権力にぎってるヤツがクソだからっすね、それ以外にないっす、マジでクソっすよあいつらは、ぶっちゃけ、税金使って遊んでるだけっすからね、ヤトーとかヨトーとかユトーとか関係ないっすよ、みーんな税金でいいもん食っていい女抱いてるだけっすからね、だから投票なんか行くだけムダっすよ、マジで革命起こさなきゃダメっすね、なんて知性に欠けた発言をするからだいぶもったいない。うん、権力者はマジでクソだよね、わかるよ、俺もそう思う、と山岡はエビゾーに同意してみせてから、でもさあ、それはそれとして、こいつは浮気された側なのに慰謝料もらってないんだけど、君はおかしいと思わない？浮気が原因で離婚したらさ、浮気されたほうは当然慰謝料をもらうのが常識だよね、それを請求もしないなんて人として間違ってるよね？とそんなふうに投げかけるけれど、……浮気ってなに？俺は浮気なんかしたことねえけど、つうか、あんた誰だよ、と不審な目で山岡を見るエビゾーにタメ口で聞き返される。

「初めましてエビゾーくん、俺はこいつの友達の山岡だよ」

「山岡、なにさんすか」

「サトル、ゴクウのゴでサトル」

「ゴクウって、あのドラゴンボールとかのすか？」

「そう、ゴクウのゴでサトルだよ」

　出た、ゴクウのゴでサトル！しかも二回言ったが、初めて会った音楽サークルの新歓コンパの自己紹介でも山岡はそう名乗った。新歓コンパは大学近くの居酒屋の座敷を借り切って行われたが、二列に並んでいるテーブルの一つがビールのピッチャーがあるアルコール有り席、もう片方はウーロン茶の置いてあるアルコール無し席で、受付で学生証のチェックがあり、大抵はそうである未成年の新入生はすべて無し席に座らされた。二十歳未満であれば二年生であろうともそれは同じだったが、アルコール有り席と無し席に分かれた先輩たちは新入生の相手をしながら、酒にありつくべくテーブルを行き来していた。活動内容に対する興味の度合いはともかく、新入生であるというだけでとりあえずはタダ酒にありつけることが前提となっているような新歓コンパで、事前の説明無しに飲ませない事実をその場で突きつけるというやり口はそのサークルの伝統だった。未成年であろうと平気で飲ませているサークルがいくらでもあるなかにあっては正しい姿勢だと言えないこともないのだが、飲ませるつもりがないならそもそも居酒屋でコンパをやらなければいいのに、そこまでの配慮はない。そもそも入部して欲しいなんて思っていない、むしろ飲めない新入生を肴に飲もうなんて考えているくらいだからタチが悪いだけだった。

　そんなふうだから入部者はもちろん少なく、学内にいくつかある音楽サークルのなかでも最も小規模で、その分クセモノばかりが集まっている感はあって俺は楽しかったけれど、有名どころをいくつも受験したものの合格せず、仕方なくうちの大学に行かざるを得なかったらしい二浪の山岡と、高校を卒業してからブラブラなにもしないで過ごし、考えもなく勉強せずに入れそうな大学を選んだ四月三日生まれの俺だけが新入生のなかで最初からアルコール有り席に座らされることになった。どうして俺たちだけがこっちなんだと山岡と顔を見合わせたことを覚えていて、最初はもちろん飲めない席にいる同級生が気になったけれど、何の説明もなく俺も山岡も注がれるままに酒を飲んだ。ゴクウのゴでサトル、自己紹介でそう名乗った山岡は先輩から「ゴクウ」

と呼ばれ、後輩からは「ゴクウセンパイ」とか「ゴクウさん」と呼ばれた。サトルっち、んなこともわかんないのかよ、脳みそスカスカなんじゃないの、もしかしてクスリでもやってんの、と見下すようなエビゾーに、さっぱりわかんないね、ぜひ納得するようなご意見を教えていただきたいもんだね、と不貞腐れたように応じて山岡はまたマヨネーズを指ですくって舐めるのは汚いからやめてもらいたい。山岡は年上だったから、同期は初めのうちは「山岡くん」と呼べば、学年は同じなんだからゴクウでいいよと言ったけれど、同期全体に「ゴクウ」を避けている感があって「悟」や「悟くん」に落ち着いた。俺は昔から友人を下の名前で呼び捨てることにむずがゆさを感じるので「山岡」と呼び捨てているが、浮気するようなクソ野郎から金なんかもらったってハッピーになれないからに決まってんだろ、そんなこともわかんねえのかよ、と吐き捨てるように言ってエビゾーは空いた皿を持って去る。その背中に山岡はメガハイボールお願いします！と投げかけた。

「クソ野郎から金もらったってハッピーになれないからなの?」

「金は大好きだけどな」

「クソからもらったって金は金じゃんか、なんでもらわねえんだよ、もらえよ、もらってくれよ、もらわない意味がわかんねえよ」

　山岡はなんだか泣きそうな顔でジョッキを傾けると、変なところに入ったのか激しくむせる。別に心配などしていないのに大丈夫、平気だからと苦しそうに言って、呼吸を少しずつ整えてから、もらったほうが絶対いいって、なあ、頼むよ、もらってくれよ、としつこく重ねて、どうしてそこまで他人の事情にこだわるのだろうか。こいつも実は離婚していて、慰謝料をもらわなかったことを激しく後悔していたりするのかと思ったが、毎日のように通っている「名前」という飲み屋からの帰り道、ファミリーマートで買った氷結を飲みながら歩いていると、やっぱり慰謝料をちゃんと払わなきゃって思ってるんだよね、電話をかけてきた友香はそう言った。向こうの浮気がきっかけで離婚することになったのだから慰謝料というものを想像しないではなかったけれど、それを請求するという発想は本当になかったし、それまで話に出ることもなかった。自分には好きな人がいる、浮気をしていると突然聞かされ、その人と一緒に生きていきたいから別れて欲しいという訴えに耳を貸さず、友香が家を出て行き、不毛なやりとりを繰り返しているうちに、実は子供ができたと聞かされたら、それ以上はどうすることもできない。「名前」の店主である喜子さんに証人欄を埋めてもらった離婚届をポストに入れて、友香が荷物を引き払うために俺は数日間家をあける、最後はそんな簡単な離婚だった。電話がかかってきたのは、それから一か月以上経ってからのことだ。

「なんか、慰謝料とか、すげえな」

　そう返すと、友香は黙った。それで許されるとでも思っているのか、あんなことをしておいて、よくそんなことが言えるな、と俺の言葉をそんなふうに受け取ったのだろうが、それは違う。そういう気持ちがまったくなかったかと言えばウソになるだろうけれど、俺は友香の口から初めて発せられたその言葉を耳にして、世の中には慰謝料という解決策が、落としどころがあって、俺がそれをもらえる立場にいる、それってなんかすげえなと妙なことを思ったのだ。俺の人生もなかなか波瀾万丈だね、みたいな、思えば遠くへ来たもんだ、みたいな気持ち。慰謝料という言葉によって紙に名前を書いただけの離婚という手続きにちゃんと光が当たったような感じもした。バカにするなとか、離婚は俺にも原因があるんだからいいよ、なんてことはまったく思わない。いくらくれるの?と冗談めかして聞いてみたくはあった。要求すれば弁護士が出てきて、これぐらいが相場ですねとか、支払い能力から鑑みればざっとこのくらいでしょうとまさか電卓を叩いたりはしないだろうが、なんとなくの金額を提示されてあとは話し合いで、みたいなことになるのだろうか。一緒に暮らしている間も知らなかった、確実に俺よりもらっているはずの友香の稼ぎが離婚を経て初めて明らかになるのなら、それも楽しいと思った。

　しばらく無言でいる間に俺は自分の家の前にやってきて、そのまま通り過ぎた。

　三部屋続きのテラスハウスの真ん中に三年、二人で暮らした。今日は仕事が忙しいから職場に泊まって帰るなんて言ったとき、友香もこうやって家に帰ってこようとして、でも俺が眠っている真ん中のB号室のドアを開けたくなくて駅のほうへ引き返したり、そのまま次の駅まで歩いてしまうことがあったんだろうか。タクシーを拾ってどこか遠くへ行ったりしたのかもしれない。それを思うと、なんだかかわいそうで泣けた。自分の家に帰りたくないなんて、他に帰りたい家があるなんて、そんなにかわいそうなことはない。まだ友香の浮気を知らなかった頃、そろそろ帰ってくるはずの時間に二階の窓のカーテンの隙間から外を見ていたことがあった。やってきた友香は家の前で少し立ち止まって俺のいるほうを見上げたから驚いたけれど、それでも玄関を開けて帰ってきた。その時は帰ってきてくれた。だけど結局友香は本当に帰りたい家から帰ってこなくなってしまったわけで、一人で待っていた俺だってやっぱりかわいそうだった。飲み干した氷結の缶を地面に置いて蹴ろうとすると、コントみたいに空振りして靴だけ飛んでいった。その先にいた猫がびゅーっと駆けていく。楽しくなってもう片方の靴も飛ばしてしまった。靴を拾わずに俺は自分だけの家に引き返した。

「子供、ちゃんと育てられるのかよ」

　友香は慰謝料を払いたかった。それで俺との離婚をしっかり終わらせたかったんだろう。そんな気持ちは新しい暮らしが始まればすぐに消えてしまうのではないかと思ったが、つまるところ俺はそれをさせたくないがために慰謝料をもらわなかったにすぎない。これからも友香との関係を絶やさないようになんて粘着するような気持ちではなく、だけど一方的に終わらせたくはないと思った。それはずるい、慰謝料というものを払える立場は卑怯じゃないか、俺には慰謝料をもらわない自由だってあるはずだ。まさか慰謝料を受け取れと訴えられることはないだろう。俺は話を変えた。私はダメな人間だけど、相手の人が、すごくしっかりしていて、私なんかとは比べものにならないくらい真面目な人だから、大丈夫だと思う、友香は不安とも惚気ともとれるようなことを言った。真面目なくせに不倫しちゃうのかよとつっこみたくなったが、俺と友香は結婚にあたって子供を作らないと決めた。俺も欲しいとは思わなかったし、子供はいらない、自分みたいないい加減な人間に子供なんか育てられるわけがない、友香もそう言った。

「友香はダメじゃないと思うけど」

「あなたにそう言われると、なんか困っちゃうんだけど」

「別に、なんのアレもないけど」

「私はやっぱりダメだよ、自分でもうんざりするくらいダメなんだよ」

ダメだから慰謝料を払って、少しでもダメじゃなくなりたいのか、常識的にまともな手続きを踏み、過去をすっかり清算して新しい生活にのぞみたいのか、そう思えばなんだかムカついてきて、じゃあいくらくれるの？と冗談ではなく迫ってみたくなった。いったいどれだけ払うのが妥当だと思っているのかと。その金が友香からではなく、相手のフトコロから出るのだったらもらっていいような気もした。相手がどんな人か知りたくなかったから、大学の後輩というそれ以上の説明は聞いていない。

「まあ、生まれてくる子供に罪はないよな」

ひどい言葉だとわかってそう言った。慰謝料なんかいらないから子供を産むな、なんてもっと最悪なことはさすがに言えない。でも一瞬、頭に過ぎったことは事実だ。そうやって俺も最低な発言をして慰謝料と帳消しになれば、もうそれでいいのではないか。

「……じゃあさ、俺がかわりに慰謝料をもらっとくってのはどうよ」

「なにアホなこと言ってんだよ」

「今からでも遅くはない！どどんと請求しようぜ！」

「うるせえよ」

「うるさくねえよ、楽しいことは金で買えるんだから、金はあればあるだけいいんだよ」

ふざけたことを言う山岡の顔つきは、けれど真剣だから困る。串に刺さった四つのうずらの卵をはずし、改めて串に刺して食べるという意味不明なことをして、俺がかわりに金を受け取ってさ、お前になんか買ってやるよ、とさらに気色悪いことを言う。俺も残っている三個のうずらの卵に串を刺す。又聞きで知ったが、友香の子供はなんと三つ子らしい。

「そうすれば奥さんはすっきりするし、お前も欲しいものが手に入るし、ウィンウィンじゃんか」

「頭イカれてんのか」

「俺がお前のかわりにもらえばすべてが丸くおさまる、カンペキだろ」

「お前はこれっぽっちも関係ねえだろうが」

「関係あるよ、あるに決まってる」

「なんでだよ」

「だって、俺たち親友じゃないか」

　山岡は照れ臭そうに笑って、なにを言ってるのか、こいつは真性のバカなのか、そもそも親友っていうほどの間柄ではないし、当たり前に慰謝料をかわりにもらうなんて非常識すぎることが成立するはずもなく、っていうか、こんなズケズケと人のプライベートに口を出してくるような奴だったかと山岡のことが全然わからなくなってくるが、つうかでも慰謝料って、実際のところ、どんくらいもらえるんすかねえ、メガハイボールと煮込み豆腐を持ってきたエビゾーがさっきの興味なさげな態度から一転、下世話な問いかけをしてくる。

「まあ、最低三百万ぐらいじゃないの」

「マジすか！んなもらえんすか！」

「いや、でもエビゾーくん、よく考えてみてよ、浮気されたことでこいつの人生は思いっきり狂ったわけだからな、もっともらったっておかしくはないんじゃないか」

「確かに、なんかそう考えると、俺、すっげえ怒りが湧いてきた、三百なんかじゃ全然足りないっすよ！」

「……五百か？」

「いや、最低でも一千万はないと納得いかないっしょ！つうか浮気とかマジでクソだよ！」

「だよな！人として一番やっちゃいけないことだよな！」

「許せないっすね、ガチで慰謝料ぶんどらないと気がおさまらないっすよ！出るとこ出ましょうよ！」

　さっきはクソな奴から金をもらってもうんぬん言っていたエビゾーは態度を翻し、なぜか山岡に同調して二人して盛り上がるからこれ以上ないほどにウザい。収拾をつけるために俺はメガハイボールをぐいぐい流し込み、ジョッキを勢いよく叩きつけ、で、友達の墓参りってなんなんだよ、と仕方なく話を聞いてやることにすれば、うん、と山岡はスイッチで感情を切り替えるように一瞬で物憂げな表情になるから薄気味悪いが、サトルさんっていう、だから俺と同じ名前なんだけど、大切な友達が、誰よりも大切な人が、死んでしまったんだよね、と言った。


　すいません、すいませーん、おります、おりまーす、女の声が聞こえる。身体を揺さぶられて目を覚ます。アイマスクが眼鏡に変わっているＥ席の人が中腰になっているから俺は慌てて足元のリュックを持ち上げ、身体を通路側にねじる。いやー、ぐっすりおやすみのところ、起こしちゃってマコトにすみませんねえ、と手刀を切ってE席の人は俺の前を通りデッキへ降りていく。あれ、俺は降りなくていいのか、働かない頭で思えば長岡に着くらしい。長岡のことは何も知らない。新潟県では比較的大きな街、第二の都市みたいな印象があるけれど、実際のところはどうだかわからない。E席の人はホームへ降り立ってこっちを見たりせず歩いていく。手を振ってみるが気づかれない。さようなら、結局あなたのことは何もわからないままだったね、と少し切なくなる。次は燕三条、確かラーメンが有名だったはずだが、その他のことはやっぱりなんにもわからない。

坊主頭から席を取り戻し、そのうちサトコさんであるはずのE席の人が目を覚ますことを期待しながら3本目の氷結を飲んでいるうちに眠ってしまったが、長岡で降りたのだからサトコさんではないはずで、ということは坊主頭と同じように勝手に座っていたのだろうか、それともサトコさんがキャンセルして空いた席を抑えたのか、そもそも代役のサトコさんなる人は最初からいないのか。山岡から連絡はない。電話をかけてみるけれどつながらず、電波の届かないところにいるか、電源が入っていない旨のアナウンスを聞いて不意に思い出すのは、えらい昔、たぶん小学校低学年の頃に見た正月のテレビ番組だ。正月休み中の芸能人にスタジオからアポなしで電話をかけて、つながればお年玉プレゼントを持参の上、今からこっちに来いと無茶振りをするのだったが、ある大御所にかけたところ、はい〇〇です、ただいま正月旅行でハワイに行っています、申しわけありませんが、御用のある方はまたお掛け直しください、みたいなメッセージが流れる。

それで、あー確かに○○さんのお正月と言えばハワイですよねー、いやー残念でしたねー、と一同納得しかけたところで、みなさーん！明けましておめでとうございまーす！と大御所の威勢のいい新年の挨拶が響き渡るから、え、どういうことだ、いったいなにが起こったんだ、とスタジオはざわめいて、要するに最初の留守番メッセージは大御所の演技であり、うわーだまされちゃいましたよーさすがは○○さん！みたいなオチになるのだったが、あれはそういう筋書きだったのだろうか、それとも本当にスタジオの面々は騙されたのか。大御所は高島忠夫だったような気がして、なんにせよそれを見ていた幼い俺は大御所すげえ！と素直に感心したのだけれど、最近はその人の声で応じるような留守番電話の案内を聞かなくなった。そもそも家電にかけることがほとんどなくなったが、ケータイだと留守番電話サービスに接続してしまって、それから合図のあとにメッセージを吹き込めと機械的に言われるあの案内を自分の声にすることはできないのだろうか。

　寝ている間に一昨々日、一昨日、昨日に引き続き友香から着信がある。時間帯はバラバラでいずれも狙ったように俺が気づかないタイミングでかけてきている。といって普段から着信音もバイブも切っているから、画面を見ているときにかかってこなければ取ることはできないのだが、かけ直してはいないし何の用かメールで聞いてもいない。たいしたことではないのか電話は一日一回だけで、要件を文章で送ってもこない。「お疲れ様です！ところで今日いっぱいヤリません？」とツイッターで知り合って二回飲んだ「煮魚」さんからのメールには「今日ニイガタに来ません？」と本文とは無関係な、最近食べた美味いハムエッグの画像を添えて返事する。唐突な「ところで」にウケるが「ヤリ」ませんと、どうしてそこがカタカナなのか、「煮魚」さんとは「いっぱい」どころかまだ一度も「ヤッ」てはいない。サトコさんと同じようにそこここに浮き名を流すタイプだろうか。「サトコさんっぽい人いなくなっちゃったんだけど、どうなってんだよ」と山岡にもう一度メッセージを送る。E席のテーブルにじゃがりことスーパードライは手つかずのまま置いてある。底にメッセージなど隠されているのではないかと持ち上げてみるけれど、もちろんそんなものはない。もはや浮き名とやらに期待できる状況ではなくなってしまったが、ここまで来たからには新潟まで行ってみようと思う。イタリアンとかいうそんなに美味しくないらしいB級グルメを食べてみたいし、単純に行ったことのないところには行ってみたい。好きなだけ飲ませてやると山岡は言ったから、いくつか良さそうな飲み屋もチェックしているけれど、サトコさんはともかく、あいつだって本当にやって来るのか、だいぶ怪しい。宿だって山岡がおさえていて、帰りの新幹線代も現地支給になっている。まさかハメられて意味もなく俺は一人で新潟まで向かっているんじゃないかと考えるが、わざわざそんなことをする理由がわからない。最後の氷結をあける。移動販売はないものの、どこかの車両のつなぎ目で色々売っていると確かアナウンスしていた。同じ名前の友達が死んだと言った山岡にゴクウノのゴ？と聞き返してやれば、いや、本名じゃなくて、あだ名なんだけどね、と冷めた声で言った。

「あだ名？」

「うん、あだ名っていうか、通り名かな」

「通り名？」

「みんなそう呼んでた、理由はよくしらないけど、いや、聞いたんだけど忘れた」

山岡はなんだかあいまいなことを言ったが、「サトル」というごく一般的な名前があだ名だか通り名になるそれがまずわからない。「サトル」という名の有名人（中嶋悟くらいしか思いつかないけど）に似ているのか、常に悟ったような顔（どんな顔だ）をしているのか。ただまあ、あだ名というものはそれが生まれた場面に立ち会っていた人にしかわからない、後から由来を説明されても全然伝わらない、その妙味を面白がれないケースが往々にしてあるので、「文武」と書いて「フミタケ」らしい人を「サトル」と呼ぶしかないようなものすごいエピソードがあるのかもしれない。「文武」とはなんだか堅い、昔の人っぽい名前だと思えば、生きていれば今年で五十五歳になるというから俺たちより二十近く年上で、山岡が京都に住んでいる頃、頻繁に通った飲み屋で出会った人だという。

「なんていう飲み屋だったの」

「もうなくなっちゃったんだよ」

「店の名前を聞いてんだけど」

「…………肋骨？」

「は？」

「いや、肋骨、ホネの肋骨」

骨以外になんの肋骨があるというのか、山岡の口ぶりはなんだかさっきからふわふわしているが、「肋骨」というのはなかなか趣きがあるというか、シブい感じがして、悪くはない店名だと思ってしまう。いつだったか、サークルの後輩に「谷底」というグッとくる名前の飲み屋に連れて行ってもらい、そこも最近なくなってしまったそうだが、その店に行くことを客たちはみんな「落ちる」と称していた。どうしようもない酒飲みが最後に落ちてくるから谷底なんだよ、とか店主が言っていたそれもまたよかった。「肋骨」なら「折る」でどうだろう（「昨日も肋骨を折ってきたよ」「ちょっと折りすぎじゃないすか」「ってか毎日肋骨折ってるよね」）とつまらないことを思ったけれど、〝京都〟〝飲み屋〟〝肋骨〟とググってみてもそれらしい情報は見つからない。答えるまでの妙な間と肋骨？と聞き返すような感じにテキトーなことを言ったのではないかと疑いたくなったが、サトルさんって、その肋骨の店主だったんだよね、と言って山岡はもう中身は入っていない大ジョッキをなぜか傾けてから、なあ、どっか別のとこで飲まないか、お前の一番好きな店に連れてってくれよ、と話をいったん置いた。それで「名前」に連れてってやれば、建てつけの悪いドアを開けてカウンター六席しかない店内を見て、肋骨に似てる！めっちゃ肋骨っぽいじゃん！と山岡ははしゃいだ。客の姿はなく、あー、いま来ないでほしかったんだけどなー、空気読んでほしいなあー、とカウンターの向こうで座っている店主の喜子さんはチラとこっちを見つつそう言って、客にそんなこと言うなよと抗議したくなったが、いまちょっと、マジで大事なところだから、私に構わず勝手に飲んじゃってて、と両手に持ったオレンジ色のゲーム機を見て難しい顔をしている。この頃は能力に目覚めた高校生たちが田舎の町で起こる殺人事件を解決するＲＰＧに夢中らしく、私もこんな高校時代送りたかったわー、能力に目覚めたかったわー、とか言っている。主人公は普通にカッコいい顔をしていて、客のなかではまだマシなほうだからなんて嬉しくもない理由で俺の名前を勝手につけているそうだが、奥に座るよう山岡を促し、俺はいったん外に出て裏口から喜子さんのいるほうにまわって、あなたのお名前は？と山岡に問う。は？なに言ってんだよ、お前の名前を聞いてんだよ、んなの知ってるだろうが、いいから名前を言え、なんでだよ、つべこべ言わずにさっさと名乗れよ。問われている理由がわからない山岡はなんだこいつは？頭わいてんのか？みたいな顔をするけれど、この店のルールなのでしつこく聞く。

「いや、あの、山岡、ですけど」

「下の名前は」

「え、悟です」

「はい、それでは、山岡悟さんに、今日もお疲れ様でしたー！」

せっかく振ってやったのにゴクウのゴでとは言わず、なぜか敬語で答える山岡をねぎらってやれば、お疲れ様でーすと喜子さんは画面を見たまま抑揚のない声で言って、裏口を開けてすぐ目の前にある傾斜のきつい階段を上がった二階からもお疲れーと複数の声が聞こえてくるから誰か来ているらしい。で、なに飲むんだよ、え、なに飲むか聞いてんだよ、ビールかな？知らねえよ、自分で決めろよ、あ、じゃあビールで、はいよ。今のはいったいなに、と言いたげな山岡にグラスを出してキリンクラシックラガーの大瓶を注いでやれば、喜子さんがボタンを連打しながら俺の名前をたずねるからいつも通り答えると、はいお疲れーとやっつけたように言う。その声に力がなかったからか、二階は反応しなかったが、なんかしらないけど、お疲れ、と山岡もグラスをかかげる。俺はサッポロ黒ラベルの小瓶の栓を抜いてラッパ飲みし、裏口を出てまたカウンターに戻り山岡との間に席を一つ空けて座った。

「ねえ、なんで俺の名前を聞いたの」

「なんの話？」

「俺の名前聞いたじゃん」

「いや聞いてないけど」

「つまんないウソつくなよ、いま聞いたじゃんよ」

「そうだっけか」

「ホントやめろよそういうの、不安になるだろ」

「いちいち気にするなよ」

「気にするなってほうが無理だろ、なんで名前聞いたか教えてくれって」

「知らねえよ、儀式じゃねえの」

「儀式？なんの儀式だよ」

「名前聞くくらいなんでもいいだろ、なんかお前に害でもあんのかよ」

「わかったけど、じゃあなんで一つ空けるの、隣に座ればいいじゃん」

「うるせえな、空いてんだからいいだろ」

「一緒に来たんだから、わざわざ空けることはないじゃんか」

「えー！うそ、うそ、うそでしょ、これ負けイベントじゃないのー！」

山岡のウザ絡みを遮るように喜子さんが大声でわめくと、お疲れさまでえええす！と喜子さんのテンションに合わせたのか、ブチ切れたような声がまた二階から聞こえてくる。負けイベントってなんですかという山岡の問いかけをうっさい、黙ってと一蹴してゲームをやめたらしい喜子さんは立ち上がり、冷蔵庫の上にあるラジカセの再生ボタンを押せば「（そうね）だいたいねー」と変なところから桑田佳祐が歌うのは、「名前」のＢＧＭはすべてカセットテープだからだ。しかも相当古いから円広志も中島みゆきも松田聖子もちあきなおみもみんな間延びした声で歌って、ラジカセはＣＤも再生できるけれど喜子さんは自作のテープしか流さない。

「そういや、入って来るとき似てるとか言ってたけど、なんに似てんの」

「いや、その、肋骨に似てるんですよ」

「ロッコツ?」

「はい、肋骨です！俺が世界で一番大好きな場所です！」

喜子さんがお通しのかごに盛られたポテトチップスやポッキーなんかを出しつつ聞けば、山岡はやかましいくらい元気に応じて、京都に住んでいた頃に通っていた酒場と雰囲気がとても似ているのだと説明した。「肋骨」も「名前」と同じように小さな飲み屋がごちゃごちゃした一帯の脇道にあり、店内は狭く、いつでも暗く、カウンター七席しかない。ＢＧＭはさすがにテープではないらしいが、基本的に60〜70年代の日本のフォークソングしか流れず、閉店時には店主のサトルさんがギターを出して分厚いファイルをめくり、「お別れの一曲」を歌う。「肋骨」はサトルさんが昔やっていたバンド名でもあり、一人になってから歌うときもそう名乗っていて、また「肋骨」という曲もある。〝肋骨〟〝バンド〟とかまた調べたくなったが、それは結構ひっかかりそうな気がしてやめる。

「でもサトルさん、自殺しちゃったんですよ」

「ふーん」

「それで店もなくなっちゃって」

「それはご愁傷様だねー」

「最高にいい店だったし、俺の青春がすべて詰まってるって言っても言い過ぎじゃないし、俺をまともな人間に育ててくれたっていうか、人生にとって大事なことを全部教えてくれたっていうか、とにかく俺にとってはかけがえのない場所なんです」

「なるほどね」

「店も最高だったけど、バンドの肋骨もめっちゃかっこいいし、サトルさんが一人で歌うのもたまらないし、曲の肋骨もすげえいいし……」

「そうなんだ、じゃあ、ちょっとその曲を歌ってみせてよ」

　ラジカセを止めた喜子さんはしゃがんで、はいこれ、とマイクを山岡に差し出す。喜子さんの足元からは色んなものが出てくるから別に驚かず、しかし初めての客に無茶振りするなあと思ってしまうが、わかりましたと神妙な顔で受け取った山岡は音が出るわけもないのにマイクを叩いたり、あーあーとテストめいたことをしたり、んー、んー、んー、と咳払いなんかして全てが芝居がかっているから見ているこっちが恥ずかしくなるし、なにをやらかすのか、だいぶ怖くもある。ビールを一気に飲み干し、やるか、と静かに決意をもらし、では僭越ながら、サトルさんのかわりに山岡悟が歌わせていただきます、と前置きして山岡は、肋骨は、誰にでもあるわけじゃない、誰にでもあるわけじゃないんだ、とわけのわからないことをつぶやいてすぐに黙るからリアクションに困ってしまうけれど、なんだか納得いかないといった表情で首をひねり、マイクを一度離して、あの、やっぱり歌じゃなくても大丈夫ですか、と喜子さんにたずねる。なに、ラップでもやるつもりなの、と自分で振ったくせに間違いなく興味なんか1ミリもない喜子さんは俺と同じように小瓶をラッパ飲みしつつ答えると、いえ、ラップじゃなくて、全力です、全力で言いたいことを言います、この際だから言わせてもらいます、と謎の宣言をして山岡は立ち上がり、髪をくしゃくしゃ掻きむしってから深呼吸し、サトルさあああああん！といきなりデカい声で叫ぶから、とにかくうるさくて耳障りで迷惑極まりなく、しかもそれから限りなく悪い意味で言葉にできない展開がやってくるから、俺は山岡と出会ってしまった自分の運命を呪いたくなった。

サトルさああああん！
天国のサトルさああああん！
俺の言葉が届いていますかああああ！
届いているなら返事をしてくださああああああい！
なんでなんでなんで自殺なんかすんだよおおおおおー！
自殺なんかしないでよおおおおお！

俺はサトルさんのことが大好きだったのにいいいいい！
ひどいよサトルさああああああん！
悲しいよサトルさああああああん！
生き返ってよサトルさああああああん！
俺をおいて行かないでよサトルさああああああん！
サトルさんがいなきゃあああああ！
俺はダメなんだよおおおおお！
自殺なんかしないでよおおおおお！
サトルさああああああん！
サトルさああああああああああん！
会いたいよおおおおおおお！
会いたくてしかたないよおおおおお！
俺はサトルさんに会いたいんだよおおおおお！
サトルさんが世界で一番大好きだあああああああああああああああ！
サトルさんのことが大好きだあああああああああああ！
サトルさんだけが好きなんだああああああああああああああああ！

両手で握ったマイクに向けて喉をつぶすような声でサトルさんへの思いを吐き出したらしい山

岡は、以上です、ご清聴ありがとうございました、とか言って頭を深々と下げる。こんなものを見せられて、いったい、どうしろというのか、なにを出し抜けに意味不明なことをやってくれるのか。面白いものを見れるなんて微塵も期待してはいなかったにせよ、つっこみどころのあるわかりやすいつまらなさ、くだらなさもなく、なんか変な空気にさせちゃってごめんなところが謝りたくなるような申しわけなさも感じず、とにかくもうひたすら白けるだけなのに山岡のやりきってやった感だけはビンビン伝わってくるから、同じ空間に存在していることがただただ情けなくなる。喜子さんは何ごともなかったかのように無表情でスマホを触っている。いまのなんなんだよーとか言いながら誰かが降りてきそうなものなのに、二階からはまるで反応がない。上半身を激しく揺らす山岡の呼吸音だけが聞こえている。俺が連れてきたのだから責任を取るべきなのだろうが、もう永遠に関わりたくなくなったので小瓶のラベルを眺めたり、ポッキーを食べたりして目を背ける。昔は酔っ払ってもただうるさくなるだけで基本的には無害だったが、会わなかった間にキャラがぶっ壊れてしまったんだろうか、サトルさんという人が死んだことで狂ってしまったのか。お前もやってみろよ、しばし変な時間が流れてのち、落ち着いた山岡は晴れやかな表情で俺にマイクを向けてくるから殺意が湧いて、死ねよ、とシンプルな言葉がもれる。

「思いの丈を叫べよ、お前も色々叫びたいことがあるだろ」

「お前、気持ち悪いからもう帰れよ」

「サトルさん死んじゃって、つらいんだよ、サトルさん死んで、つらすぎて、俺はおかしくなっちゃったんだよ」

「それはもう、本当にご愁傷さまだから早く帰れ」

「サトルさん死んじゃって、いまさらどこに帰れっていうんだよ」

「自分の家に決まってんだろ」

さらにもう一つ山岡から席を離せば、うんうん、わかってるよ、と言いたげに疲れた笑みを浮かべてうなずくからますます気味が悪くて対処に困ってしまうが、ガツッと建てつけの悪いドアは一回では開かず、うりゃあ、と小さな気合とともに開いたドアから波多野さんが来てくれるから助かる。あれ、君だーれ、期待の新外国人？三十本打てる？シーズン途中で帰ったりしない？波多野さんは眠たげな顔をして相当酔っ払っているらしく、山岡を少しイジってから一番手前の席にほとんど倒れこむように座る。ハタちゃんなんにするのー、喜子さんが聞けば、うっせえな、これが酒を飲める姿に見えるか！少しは考えろ！何年客商売やってんだ！と波多野さんは身体をがばっと起こして一喝したけれど、……なんにするか聞いてんだけど、うっせえって言ってんだよ、あの話ここでしようか？あ、いやそれはちょっと、ねえ聞いてよ、ハタちゃんこないださあ、ジャスミンハイで！お名前は？波多野弘文三十九歳、妻のエミちゃん、息子のユキト、娘のヒロミの四人暮らしです、尊敬する人は氷室京介！と何かを知っているらしい喜子さんの圧に屈服して、すぐにまたカウンターに突っ伏してしまう。

「はーい、じゃあ波多野弘文くんに今日も一日お疲れ様でした！」

「お疲れ様でしたー」

喜子さんがコールしても波多野さんはちょっと右手を挙げただけで、とても酒を飲めるような感じではなさそうだが、ベロベロな状態で登場してさっさと倒れ込み、しばらくは動かないでいるものの、不意に復活したときには誰よりも元気になってしまっていて、みんながもう帰りたい時間になっても一人で騒いで手が付けられないなんてことは波多野さんの常だ。おつかれでーす、と二階から今度はさっちゃんらしい声が聞こえる。上はなにやってんのと聞けば、賭け麻雀大会だけど、ところで、さちこさんとの熱愛報道について一言コメントをいただけますか、なんて喜子さんはマイクを取って俺に向ければ、さっちゃんかわいいよねえ、めっちゃかわいいよねえ、こんなゴミダメみたいな店に来る子とは思えないよねえ、と波多野さんも突っ伏したまま続く。その件は事務所を通して……などとごまかしてもなに一つ面白くもないが、なんにせよケジメはちゃんとつけなよね、中途半端にしたら私が許さないよ、マジで出禁にするからね、脅しじゃないからね、と喜子さんに睨まれて怯む。友香と別れたのに一人では広すぎる家から引っ越す予定も立てていない俺は、じゃあ私が一緒に住んであげるよなんてさっちゃんから言われているが、つうか墓参りって、この辺なの、と俺はさっちゃんの話題から逃れるため山岡に矛先をむける。

「新潟だよ」

「遠いな」

「サトルさんの生まれ故郷なんだからしょうがないだろ、文句あるのかよ」

「別になんも言ってねえだろうが」

「お前も行ってくれるんだな」

「行かねえよ」

　サトルさんが自殺したのは去年の五月四日「みどりの日」らしいのだが、今までなかなか行く気になれなかったのを一周忌を機に覚悟を決めて足を運んでみようと思ったという。だったらとっとと一人で行けばいいだけの話だが、一人で行くのが怖いんだよ、だから一緒に行ってくれよ、頼むよ、俺を助けてくれよ、と泣きそうな声で請われる。山岡の思惑はひとまず置いておくとして、その役割は別に俺じゃなくてもいいだろうと問えば、だって、俺の友達はお前しかいないから、お前にしか頼めないから、とそんなことまで言ってきて、その「肋骨」という酒場に友達の一人や二人いそうなものだし、サトルさんの墓参りに行くのなら人選的にも面識のない俺よりも圧倒的に相応しいはずだが、そうすることのできない理由があるのだろうか。なんだかわかんないけどさあ、その人ヤバそうだから付き合ってあげたらいいじゃんよ、と今度はレースゲームでもやっているのか、身体ごとゲーム機を傾けながら喜子さんは無責任な発言をする。そうだよー付き合っちゃえよー早く結婚しちゃえよ、いつまで引きずってんだよー、俺が仲人やってやるからよー、とつっこんでくる波多野さんは話題を勘違いしている。なあ、あのときお前を助けてやっただろ、なんて山岡が言ってくるのはどうせハッタリで、あのときっていつだよ、ほらあんときだよ、だからいつだよ、言えよ、いや、まあ覚えてないんだったらいいけどさ……聞き返してやればごにょごにょ言って黙る山岡に助けられた恩などないし、どれだけ大きな借りがあったとしてもさっきの狂った叫びを見せられたそれで帳消しだろう。

「なあ、頼むよ、旅は道連れ、世は情けっていうじゃん」

「俺が行く理由ねえだろ」

「理由なんかなくてもいいじゃん、久しぶりに一緒に旅しようぜ」

「お前と旅したことなんかねえだろ」

「俺たちは親友じゃないか！」

「まず親友とかではまったくないし、正直、今夜限りで縁を切りたいくらいだよ」

「お前、それ本気で言ってるのか？」

「これ以上ないくらいに本気で言ってるよ」


　縁もゆかりもない人の墓を見て何を思えばいいのかまったくわからないし、不愉快にもほどがある謎のシャウトを見せつけてきた山岡とは真面目に今後いっさい関りを持ちたくなかったけれど、費用はすべて持つ、新潟につけば酒も好きなだけ奢る、バイト代も五万払うからと山岡は食い下がる。そんな得体の知れない金に釣られるわけもないが、頼むよ、墓参りにつきそってくれるだけでいい、それだけでいいんだ、簡単なお仕事じゃないか、お願いだよ、心の底からお前に頼んでるんだよ、恥ずかしいけど俺一人では墓参りに行けない、怖くて行けないんだ、いや、そりゃお前が本当について来てくれないなら、心底嫌だって言うならしょうがない、一人で行くよ、行く、一人だって行くに決まってる、行かないわけにはいかないからどうにかして行くよ、行くけど、でもアレだな、一人で行ったら気が狂って、墓の前で自害するかもしれない、サトルさんを追いかけて死ぬかもしれない、うん、死ぬかもな、かなりの確率で死にそうだな、いや確実に死ぬな、ヒャクパー死ぬね、死ぬけど、いいのか、俺は死ぬぞ、マジで死ぬぞ、でもまあ、こんなつらい思いをするなら死んだほうがいいのかもしれないし、もちろんお前のせいだなんて言うつもりはないよ、ただ俺が弱い人間だから死ぬってだけの話なんだけど、でも俺が死んだらお前にだってちょっとくらい責任はあるんじゃないのか、お前だって俺に死んで欲しくないだろう、お前が一緒に来てくれたら俺は死なない、お前が助けられる命がいま目の前にあるんだ、だから頼む、頼むよ、俺と一緒にサトルさんの墓参りに行ってくれ、俺の命を助けると思って一緒に来てくれないか、なんてウザったさを極めたような脅迫までしてくるから、死んでもらってまったく構わない、っていうか今すぐにでも死んでくれないかと思いながらも、わかった、わかったからもう静かにしてくれとしぶしぶ付き合ってやることにした。なのに、どういうわけか一人で新潟へ向かってしまっている。


「バンドとかやってるんですか？」

「あ、いや、これは山ちゃんから頼まれて」

「あいつの？」

「いや、その、サトルさんとかって人のらしいです、山ちゃんが譲り受けたんだって」

「形見ってことすか」

「そうなんじゃないですか、よく知らないけど」

　久しぶりにバスに乗っている。アコーディオンみたいに車体がつながっている赤くて長いバスで連接バスっていうらしいですよ、と教えてもらった。三つある乗降口の一番前は降車専用なのか閉じられていて、後ろから乗ってすぐ右手の二人がけの席に座った。普段バスって乗りますか、高速バスはともかく、路線バスはいつ以来だろうと思い出そうしていたそれを読まれていたかのように問われる。実家にいる頃は毎日乗ってたんですけどね、そう答える俺は小学校入学とともにバス通学がはじまり、中学はもちろん、高校、大学へ通うにも最寄り駅まで四十分もバスに乗らなければならなかったし、県境を越える電車よりも同じ市内を移動するバスのほうが定期代は高かったくらいだ。大学卒業後は就職もせず、編集者とかカメラマンとかライターとか小説家を目指す人が集うらしい専門学校に、そういうものになろうともなれるとも思わずなんとなく入ってしまったついでに恋人の家に上がりこみ、なんやかんやあってそのまま東京で暮らすようになったが、必要に迫られることもないし、電車はいくらでもあるのだからわざわざ路線バスに乗ってどこかへ出かけたりもしない。

「私は毎日通勤でバス乗ってますよ」

「お仕事なにされてるんですか」

「なんてことない事務職です、給料も笑えるくらい安くて」

「っていうか、ギター背負ってるの、なんか様になってましたね」

「でもバンドマンと付き合ったことはないですよ」

「そうすか」

「バンドマンはそんなにタイプじゃないかな」

「へー」

聞いてもいないのに、わざわざ変なことを答える。とりあえず乾杯しますか、差し出された金麦を受け取れば、ぐたたたたたたん、バスのエンジンはかかって、なんに乾杯しましょうか、別になんでもいいすけど、山ちゃん？いや、さすがにそれはやめときましょう、じゃあまあ、よくわかんないけど、お疲れ様です、お疲れ様です、とはっきりしないやりとりで缶をぶつける。バスのなかで酒を飲むのは初めてだから妙に緊張する。どうぞ、手渡されたちょっと高級そうな笹かまにかぶりつく。チーズちくわとじゃこ天と、あとなると巻もありますけど、という申し出は遠慮するが、よほどの練り物好きなのだろうか。

「バンドやってるんですか」

「全然、大学のサークルだけっすよ」

「でも山ちゃんが歌すごい上手いって言ってましたよ」

「下手だとは思わないけど、特に上手いとも思わないな」

「それ、思いっきり上手いって言ってる」

「んなことないって」

「そっか、そんなに上手いのか、いいなあ、私なんかジャイアンばりに音痴だから」

「そんなすか」

「そんなっすよ、公害レベルで下手だから、歌上手い人マジで羨ましいし、恨めしい」

さすがに歌声は錆び付いてないな、などと山岡は大げさなことを言ったから、野球マンガに出てくる十年に一人と評されるほどの逸材だったのに、トラブルに巻き込まれたり、怪我をして道を誤ってしまったピッチャーにかけるようなセリフみたいだとアホらしくなったが、「名前」で飲んでからの定番コースとなっている「庭」というカラオケ居酒屋に波多野さんやさっちゃんと出かけて尾崎豊「15の夜」を歌っただけだ。山岡は俺の歌声を褒めながら、でも尾崎豊はないよー、尾崎はいくらなんでも恥ずかしいだろーとか選曲をディスってきて、それからも堺正章「さらば恋人」、ビートたけし「浅草キッド」、風「22才の別れ」などを歌えばいちいち文句を言って、サークル時代にコピーしたような曲を挙げてこれを歌え、あれを歌えと絡んできたけれど、客の平均年齢が五十歳を優に超えているだろう「庭」の昭和的空気をぶち壊すような選曲はしないと心がけているので頑なに断った。最近またギター弾いてるからさ、そのうちスタジオでも入ろうぜ、などと誘ってきたそれもきっぱり拒否したが、そのきっかけになったのがサトルさんのギターなのだろうか。

「ちょっと、さっそくでアレなんですけど、寝てもいいですか、もう眠くて眠くて」

　金麦をぐいぐい飲み干し、缶をべこべこ潰して足下のビニール袋に入れ、おやすみなさいと足の間に挟んだギターケースを抱え込むようにして窓にもたれたが、バス停を一つも越えないうちに身体を起こして、なーんかすいませんね、いきなり新キャラ登場しちゃって、ダルいですよねー、とそんなことはまるで思っていなさそうなペラペラな口調で言う。まあ、山岡は腐っても友達なんで大丈夫です、一瞬考えてから答えると、私もなんだかんだ山ちゃんが好きなんだよねえ、ちょっとなに言ってるかわかんないところはあるけど、基本的にはいい奴だよね、あーいう人って実は結構貴重だなあって思うよ、と安心したように言って再び寝る姿勢に戻る。「なんだかんだ山ちゃんが好きらしいよ」とメールで教えてやった山岡は新潟駅にまもなく到着するというタイミングで「西口の改札でギターを背負ってる女がいる。それがそこここに浮き名を流す女サトコだ」と殺し屋に標的を告げるようなふざけた文面を寄越してきた。

わけがわからず、さっきの人なら長岡で降りたぞと思いつつ電話をかければ、呼び出し音は鳴るけれどやっぱり出ない。ひとまずサトコさんなる人が本当に来ているとして、いくらなんでも情報がなさすぎるから「とりあえずサトコさんの連絡先を教えろ」と迫れば、「それをやっちゃったらつまんないじゃん、お前の力で探してみろよ」と悪ふざけのような答えがかえってくる。「ギター背負ってる人なんてそんなにいないからへーきだろ」と無責任な追伸に続いて「検討を祈る」と誤字で畳みかけてくるからうんざりしたが、新幹線を降りてみれば西口の改札を出たところにギターを背負っている女性が確かにいた。グレーのパーカーにデニムとさっき長岡で降りた人と同じような地味な服装で、しかしマスクも眼鏡もなく、１６９㎝の俺よりもどうやら背が高く、ご丁寧に「サトコでーす」と赤マジックで書いたスケッチブックを構えているから思い切り脱力させられる。いやあ、バカバカしいかと思って、ついやっちゃいましたとサトコさんは笑って、わざわざ百均で用立てたと言うから相当な変人だと嬉しくなった。記念にどうぞと「サトコでーす」のページを破ったのでもらっておいたが、まだまだ書けるスケッチブックとマジックはゴミ箱に放り込んだ。

「っていうか、どういうことになってるのか、さっぱりわからないんですけど」

「ですよねー」

「ですよねーって」

「あんまり気にしなくてもいいんじゃないですか、気にしてもしょうがないっていうかさ」

「まあ、そうかもしんないすけど」

「平気、なるようになりますって」

　昨日というか今日の三時頃、「庭」にいる俺に山岡は電話をかけてきて、仕事でトラブった、緊急事態だから明日は一緒に行けなくなった、そのかわり一人じゃつまらないだろうから「代役」を用意してやったから喜べ、などと不可解なことを言ってきた。電話越しでもかなり切羽詰まっていそうな気配はうかがえたが、代役ってなんだ、墓参りに行きたいのは山岡であって、お前が行かないならそもそも計画の意味がないじゃねえかとつっこめば、「そこここに浮き名を流している」サトコさんの名前を出し、自分も二十時ぐらいには新潟に着くはずだから、とにかく先に行ってくれと話は通じないし、さっさと電話を切られる。さっちゃんと「林檎殺人事件」をデュエットすべくマイクがまわってきたので立ち上がってフニフニフニフニ歌いながら、知らない人の墓参りに行くなんてまともじゃないし、キャラがおかしくなっている山岡に会うのも億劫だと改めて思って、新幹線のチケットはすでに郵送で受け取ってはいたけれど、こんな時間まで飲んじゃっているのだから最悪俺も行かなくていいやという気になっていた。それでも結果的にはサトコさんに釣られて約束通りの時間に上野からMａｘときに乗ってやったのだが、Ｅ席にいたのは山岡の「代役」であるはずのサトコさんではなかったし、そこに座っていた知らない人は長岡で降りてしまった。

いやーちょっとね、先に行ってようかなとおぼろげながら思っちゃいましてね、とすでに新潟に到着していたことについてサトコさんはそれだけしか言わなかった。うさんくさいことこの上ないが、だからそう、知らない人の墓参りに行くことも、話の通じないイカツい坊主頭に席を乗っ取られていたことも、スケッチブックを持ったそこここに浮き名を流しているらしい女性に改札で迎えられることも全部うさんくさいので、これ以上は詮索しなくていいやと投げやりな気持ちになって、そうすか、と流せば、えー、もっとつっこんでくださいよー、なんてサトコさんはへらへら笑う。どっちなんだよと思って、だけど言いなりにはならず、ひとまず新潟に着いたら行こうと考えていた日本酒飲み比べ機が並ぶところに誘えば、それもいいけど、さっそく墓参りに行っちゃいましょうよ、と言ってさらにわけがわからない。さすがに付き合いきれなくなって、いやでも山岡が来てないじゃんよ、とまともな反論をしてしまったが、そうなんですけど、せっかくだからハズレっぽいほうをつぶしちゃおうかと思って、などと言って話はまったく見えてこない。

「サトルさん、樹木葬ってのは聞いてます？」

「そうらしいっすね、樹木葬ってのがいまいちよくわかってないけど」

久しぶりに飲んで墓参りに行く約束をしてしまった日、明日も仕事があるから先に帰ると言った山岡を「庭」からタクシー乗り場まで送ってやり、新潟行きの詳細はまた連絡する、わかった、じゃあ気をつけて帰れよ、という段になって山岡は、サトルさんはさ、ジュモクソーなんだ、ジュモクソーなんだよ、と苦しそうにもらした。それが「樹木葬」とすぐには変換されず、言葉としては知っているにせよ、耳にするのは初めてだと思ったが、なにそれと聞けば長くなりそうだったので、ああそうなんだ、とテキトーに相槌を打つと、お前、樹木葬がどういうことかわかってんのか、樹木葬について真剣に考えたことが一度だってあんのか、なんて追及される。心底嫌気がさして、んなことあるわけねえだろと思いながら、それでも墓の代わりに樹を植えるんだろと言ってやったのに、なんの樹を植えるんだよ、なあ、なんの樹だかわかってんのかよ！としつこく質問は続く。そんなこと知るはずもなければ、まるっきり関心もないにもかかわらず、アオダモだな、とわずかに残った優しさを振り絞ってデタラメな答えで相手にしてやったのに、アオダモってなんだよ、どんな樹なんだよ、教えろよ、なあ、アオダモってなんだよ、広葉樹か、それとも針葉樹なのか、頼むから教えてくれ、とまだまだ食い下がってくるから果てしなく鬱陶しく、ただエモっておかしくなっているだけにしても、アオダモがそこまでひっかかる理由が謎すぎる。さすがに相手にする気も完全に失せて、樹を植えるといったら毎年オールスターで試合前に行われる、バット原料になるアオダモ植樹セレモニーだろう、なんてことは言わなかったが、樹を植えるのもあるけど、樹のまわりに葬るのもあるんだよ！お前は樹木葬のことをなんにも知らないじゃないか！そんな生半可な覚悟でサトルさんに会いに行くつもりなのかよ！と癇癪を起こしたように叫んで山岡はよろけて尻餅をついた。そして手のひらで地面を撫でながら、樹木葬ってなんだよ、どういうことだよ、っていうかサトルさん死ぬなよ、なんで死ぬんだよ、俺だって死にてえよ、一人にしないでくれよ、これからどうやって生きていけばいいんだよ……と嘆く。やっぱりこいつと墓参りになんか行きたくない、このまま放置して今日の話はなかったことにしたいと感じながらも、なんだか不憫な気がしないでもないので手を貸してやると、ありがとう、お前がいてよかった、助かった、と棒読みのように言ってゆらゆら歩いて行き、そのままタクシーに乗った。とことん疲れて、でもとりあえずは解放されたと思ったのに、「本当にありがとう、お前が友達でよかった、俺は嬉しい、でもサトルさんが死んで悲しい、なあ、どうすればいいんだ、やっぱり俺も死ねばいいのか、なあ、そうなのか、死ぬべきなのかなあ、もう死んでいいかなあ、死んだらサトルさんに会えるのかなあ、こんなにつらいのに生きてる意味なんかあるのかなあ」と即座に忌々しいメールが届いてしまうから着信拒否したくなって、だけど「よくわかんないけど死ぬなよ」と返事してやった俺はどんだけ聖人なんだと思う。

「庭」に戻ってまた飲んで、家までの帰り道で樹のまわりに葬る、それはどういうことなのか、墓標になるのはどんな樹なんだろうねと聞けば、♪この木なんの木気になる木〜とさっちゃんは歌い出すから、でっかい樹を背景にして関連企業名がずらずらエンドロールのように流れていくあの映像みたいに葬られている人の名前が流れる様を想像してちょっと面白くなった。樹木葬は墓石の代わりに樹木を墓標とする墓のこと、樹木墓地、樹林墓地とも呼ばれる……さっちゃんがスマホを見ながら言って俺もググってみる。樹だとさ、あんま宗教っぽくない気がするじゃん、そこがいいのかもね、さっちゃんはそう重ねて、確かに「家や宗教にしばられず……」などという記述もあったし、知らない人と一緒くたに葬られるからか費用も抑えられるようだった。「シンボルツリー」という墓標代わりの樹木のまわりに遺骨を埋葬する形態と広大な土地に死者となった人の数だけ樹を植えていく「里山型」なるタイプがあるそうで、自然環境を維持するという点で社会貢献にもなっているとのこと。何の使い道もない、だだっ広いだけで価値もない土地を墓地にするだけでなく、そこに自然保護の名目を付け加えるというのは上手いやり口だと妙に感心したが、ってかもしさー、樹に雷が落ちちゃったらどうするんだろうね、とさっちゃんがのんびり言ってなるほどと思う。それで樹が燃えてしまったら元も子もないわけで、樹に避雷針のようなものがつけられているのだろうか、あるいは契約時に落雷の保証（？）みたいなことも含まれているかオプションで用意されていて、それが適用される場合はまた別の樹を植えるか移ることができるけれど、保証をつけていなければ墓ごとなくなったりするのだろうか。

落雷じゃなくても、例えば台風でなぎ倒されちゃったりしたらどうなのか、虫に食われたり病気で枯れてしまう可能性だってありそうで、霊園の人が毎日樹の健康状態を事細かにチェックするのだろうか。樹であれば確かに家とか血縁というめんどくさい価値観から距離を取るような感じはあるけれど、「自然に還る」みたいなまた別の思想が絡んでくる気もして、まったく根拠なく、ノルウェーとかスウェーデンあたりからもたらされたのではないかとテキトーなことを思う。私は樹よりも普通のお墓のほうがいいかなー、なんとなくだけど、お墓のね、字が彫ってあるくぼみに触って欲しいかなって思って、あと、なんとかインなんとかかんとかダイシみたいな、あれもさあ、戒名じゃなくて普通に名前がいいよね、そういうのいらないなー、とさっちゃんはダルそうに言ってから、だって私はウチダサチコなんだよ！と声高に宣言した。二人でウチダサチコー、ウチダサチコをよろしくお願いしまーす！とか騒ぎながら家まで帰った。

「ほんでね、ここが大事なポイントなんだけど、新潟市内で樹木葬をやってるとこ、二箇所しかないっぽいんですよ」

「ないっぽい？」

「山ちゃん情報によるとね、まあググったらホントに二個しか出なかったし、たぶんだけど」

「ちょっと待ってよ、どこにそのサトルさんがいるのか、山岡もわかってないんですか」

「さすがに鋭いね、どうやらそうみたい」

「いやいやいやいや、もう根本からグダグダじゃんよ」

「そんなの、別にいま始まったことじゃないっしょ」

「それはそうだけども、えーマジかよー」

「なにかご不満でもおありか」

「全面的に不満しかないすけど、話を続けてもらっていいすか」

「とにかくサトルさんが眠ってる候補が二つあるっぽくて、だけど明日二つ行くのもかったるいからさ、今日ハズレっぽいほうをつぶしちゃおうと思って」

「ハズレっぽいって、それはどういう根拠なんすか」

「さあ」

「いやいや」

「それも山ちゃん情報なんで私は知らないよ、知ったこっちゃあないよ」

「今日行って、当たっちゃったらどうすんのよ」

「そんなん明日また改めて行くに決まってるっしょ」

さも当然のように言うサトコさんはそもそもどうして新潟までやってきたのだろうかと思って、単なる暇人で突拍子もないことをするのが好きというのが当たっていそうだけれど、あるいは山岡となにか深い縁でもあるのだろうか。山岡とどういう関係なのか聞いてみたくなって、だけどそれがわかってしまえば途端につまらなくなってしまいそうな気もするから探ってみることはせず、大人しく従ってサトルさんはいないっぽいらしい霊園に向かうことにした。バスを二本乗り継ぐというが、どこで降りるのか俺はもちろん知らない。サトコさんはギターを大事そうに抱えて眠っている。眠っているふりをしているだけなんじゃないかとも思うが、いったいギターなんか持ってきてどうするのか。大事な形見なのだろうからサトルさん本人と一緒にやってくるようなつもりなのかもしれないけれど、ならば山岡自身で持ってくるべきだろう。墓と一緒に記念写真でも撮ろうと考えているとして、樹木葬でも普通の墓のように線香を置いたり、花を供えたりするスペースはあるのだろうか。「里山型」ならできそうだが「シンボルツリー」はみんなの樹になるわけで、写真を撮るにしたってサトルさん以外の大勢の死者たちと一緒に映ることになってしまう。ひょっとして、サトルさんに捧げる歌でもうたうつもりかと思って、山岡がかましたあの夜の謎の叫びがよぎってだいぶ不快な気持ちになるけれど、まさか俺が歌唱要員だったりするのだろうか（歌声は錆び付いてないな）。樹に向かって歌をうたうためにわざわざ新潟までやってきたのだとしたらあまりにも滑稽すぎるけれど、それはそれで「名前」のみんなに披露するネタになるから悪くないかもしれない。

金麦を飲み終える。「俺はね、サトコとはそういう関係にはなってないから安心していいよ、単なる友だち、腐れ縁みたいなものでしかないから」とどうだっていいメールが届く。どう返すべきか、別に返さなくていいかと思えば、「っていうか、俺はサトルさんのことが好きだから、人としてとか友達としてとかじゃなくて、普通に好きなんだ、いわば性愛の対象なんだ、俺はサトルさんだけが好きだったんだ、世界の誰よりも愛してたんだよ」と続けざまに対応に困るメールが送られてくるから、「とにかく早く来い」とそれだけ送ってiPhoneの電源を切ってしまうと、あー、自殺してえー、やっぱ自殺しようかなー、とサトコさんのずいぶんはっきりとした寝言が聞こえる。というか、今のはとても寝言には思えず、意図をもって俺に投げかけているとしか考えられないが、まさかこの人は死ぬために新潟までやってきたのではないかと不安が募り、なにか言うべきだろうかとサトコさんを見やれば、別に、大丈夫だっつうの、と俺の心配を嘲るようにもらして、ギターに抱きつくように身体を縮こませた。

六年生の頃、習字の授業で「昇天」と書いた。もちろんそれが課題ではなく好きな言葉を書いてよかったのだが、どうしてそんな単語を選んでしまったのかと言えば、それはもうかっこいいと思ったからに違いない。なぜかっこいいと思ったのか、それは当時の自分に聞いてみないとわからないが、思い返せば恥ずかしくなる言葉を書いた人は他にも一人や二人いたとして、しかし「昇天」はあまりにも変だ。六年生男子のチョイスにしてはだいぶおかしい。もしかして死にたいとか思ってないよね？なんて担任にストレートな心配をされて、ようやく、ああ、そうか、天に召されるとかそういう意味なのかと気づいて辞書で調べてみれば、キリストが復活してうんぬんとあって、自分の無知に情けなくなったけれど、いまそれが墓石に刻まれているのを見て実に正しい、大正解だと思う。実家すぐ近くの寺にうちの墓はあるが、もちろん「昇天」などと刻まれてはいないし、「愛」とか「感謝」とか「心」とか「夢」だとか、ましてや「行雲流水」なんて言葉はどこにもない。ただここが○○家の墓であるという主張と石版みたいなものにそこに眠っているらしい人々の名前が刻まれているだけで、地元は三つの苗字に集中していたから、そのうちのどれが「うち」で、どこまでが「うち」なのか区別がつかないくらいだったが、久しぶりに墓というものを見て、そこに刻まれている言葉の豊富さにちょっと引いてしまった。こんなにも自由な墓があるなんて想像もしなかった。単語に留まらず、「ありがとう」と感謝の気持ちを述べたり、「大丈夫だよ」と墓参りに来る人を安心させたり、死んでいるのに「生きる喜び」なんて言葉を置いたりして、なんていうか、とても過剰だ。どれもまだ年季の入っていない光沢のある墓だから、こういう言葉を遺すのは最近のブームなのかもしれないし、まだ生きている人もいるだろうけれど、死してなお、いや死んでしまったからこそ生きているものたちに伝えたいメッセージ、戒めたい気持ちがあるということか。

「なんか、どれもすごいっすね」

「死んでるくせに、ちょっと自意識過剰だよね」

「なにが一番面白かったですか」

「ありがとう、ありがとう、ありがとう」

「ああ、三連続ありがとう」

「だいぶ圧すごいよね、墓参りしたくなくなるっしょ」

　サトコさんはそう言って、確かに墓側から訴えかけてくるなんておかしいような気がして、花や線香を供え水をかけてあげ、目を閉じてその人を偲び、お久しぶりです、こちらは元気でやっています、そちらはどうですか、あなたのことを色々と思い出してさびしくなりますと心のなかで語りかけ、これからもどうか私たちを見守っていてくださいと祈り、また来ますねとお別れする、それが墓参りの醍醐味ではないか、などと思って、しかし墓参りという行為について特別な思いも関心もない。盆正月もろくに帰らないから、いつ振りなのかもわからないし、そもそも参る対象を知らないのにやってきている俺に墓参りのなんたるかを語る資格はない。

「俺は釣、かなあ、きっと刻みたいくらい好きだったんだろうなあって」

「あー、一文字でバシっと決まってるのはいいですね」

「一文字シリーズは結構あるけど、愛とか心とか道とか、なんか説教くさい感じがして、でも釣はそれがなくていいんですよ、シンプルにかっこいい」

「酒、とかだとまたかっこつけた感じになっちゃうもんね」

「そうそう」

「で、なんて刻むんですか?」

「んー、そうっすねえ……」

　それはもちろんさっきから考えていたが、これといっていい答えは浮かばない。帰ったら「名前」の常連たちにも聞いてみようとは思っていて、きっと各々「らしい」回答が出揃うだろうが、メッセージ性が伴うのはみっともない気がするので、「レモンサワー」「冷やしトマト」「刺身三点盛り」「納豆オムレツ」などと好きな居酒屋メニューでも刻むか、あるいは「足」とか「煮」とか「術」とか、なんでもいいけど、どう意味を取ったらいいか、想像もつかない無責任な漢字にしてみたらどうかと思う。クイズでも刻んで裏に正解があるっていうのはどうすかね、俺はたいして面白くもないことを言えば、なるほどねと評価を避けたサトコさんはもう一回りしてきます、とまた墓石の並ぶ方へ歩いていく。その背中のギターケースにサトルさんのギターは本当に入っているのだろうか。喉が渇いたけれど酒はもうないから休憩所らしい建物に入り、自動販売機でペットボトルのコーラを買う。外に出て植え込みで仕切られた二区画の芝生に立つ二本の小さな樹を眺める。まだまだこれから成長していくのかもしれないが、いくらなんでもこれを「シンボルツリー」と呼ぶのはちょっと酷ではないかと思ってしまうくらいにずいぶん貧相な樹だ。

　山岡の予想は当たったらしく、ここにサトルさんは葬られていなかった。

　三十分ほどバスに乗っていると次は終点だとアナウンスがあり、途中で降りなくてよかったのかと不安になったけれど、んー、やっぱり寝れなかったー、もう何日寝てないんだろなあ、と心配になるようなことを言ってサトコさんは目を開けた。バスはイオンに横付けするように停まる。ターミナルらしくバス停がいくつもあり、またここから目的地が分かれていくようだったが、おー、タイミングもバッチリですね、と言って乗り換えるらしいバスはすでに停まっていて発車の時間を待っていた。今度は駅から乗ってきたアコーディオンのようなタイプではなく、地元にいる頃しょっちゅう乗った普通サイズのバスでギターケースが邪魔そうだったし、席も空いていたので二人掛けの席に縦並びになった。「えーマジですか?ニイガタぐらいゼンゼンイッちゃいますよー！私をナメないでくださいよー笑」となぜかカタカナの多い「煮魚」さんの返信は飛行機の絵文字が三つ末尾についているから、さすがにないだろうと思いながらも本当に来そうな気配をうっすら感じて、「また飲みましょう!近いうちにこっちからお声がけします！」と話を打ち切った。この先も混みそうにないのにサトコさんはギターケースを横に置いたりせず、相変わらず抱え込むようにして窓にもたれていた。

「ピンポン、押します?」

「え」

「次、降りるんで」

しばらくバスに揺られていると前に座っているサトコさんが突然こちらを振り向いて言う。久しぶりにバスに乗った俺に押させてあげようという気配りだろうか、そんなことを考える隙にサトコさんがさっさと押してしまってバスは停まった。バス通学の小学生たちは競うようにしてブザーに手をそえていた。バス停の名前が電光掲示板に表示される前に押すのはフライングということになっていたけれど、それをしてしまうことも、誰が一番早く押したかも結局はわからないという不毛な遊びだった。俺はフライングどころか、はやる気持ちを抑えられず、小学校の最寄りよりも一つ手前で押してしまったことがあり、押したんだから降りなさい！と運転手が怒ってもとぼけていたが、それ以来怖くなって参戦しなかった。サトコさんは何度も行っている馴染みの場所であるみたいにグーグルマップを見たりせず、すいすい歩いて行く。道端の草むらに捨てられたように錆びた霊園の看板が置いてあって「樹木葬」という言葉を見つけた。「ペット霊園」というのもあってそれはわかるが、「ドッグラン」とはいったいどういうことなのか。あー、クソ暑いな、ギターケースを降ろしてパーカーを脱いだサトコさんは沖縄のファストフード「Ａ＆Ｗ」のＴシャツを着ていた。Ｔシャツいいっすね、沖縄嫌いですけどね、なんで、街がめっちゃ汚いから、そっけなく言ってパーカーを腰に巻き、よっこらせと気合を入れてギターケースを背負うから、自分が代ろうかと申し出ようかと思ったけれど、きっぱりと拒否されそうでやめた。

　霊園の敷地に入り駐車場を抜けて事務所らしい建物の前を通り過ぎると、少し進んだ左手に墓が並んでいるのが見えた。右側には芝生が拡がっていて、「樹木葬芝生内管理者以外立入厳禁」と縦書きの漢字だけで注意を促した異様に威圧感のある注意書きが貼ってある板を棒に打ち付けただけの簡素な看板が突き刺さっている。植え込みで仕切られた芝生の手前の辺だけは石造りになっていて、その真ん中の一帯には水が張ってあり、ボロボロに朽ちた花が置かれていた。芝生側に少し突き出た部分には砂利が敷かれて、墓石代わりなのか平たい石が三つ置いてあったけれど、何も刻まれていない。奥の方に植えられている樹は思ったよりもずっと小さく、やせ細っていて頼りなく、「♪この木なんの木気になる木～」などとはとても比較にならない。そういうスペースが二つ並んでいた。一人一本の「里山型」でないとは言ってもこれはちょっと、だいぶさびしく、こんなにも弱々しい樹が何十人とか何百人の墓標を務めるというのは何かの間違いではないのか、いくらなんでも責任を負わせすぎではないかと妙な憤りすら覚えた。

「えーと、これが樹木葬なんすかね」

「思ったよりずいぶん質素だね」

「質素っていうか、ショボいよ」

「まあ、アレじゃないすか、ワビサビみたいなね、盆栽だって切ったり刈ったりするじゃん？」

「なるほど？」

　樹はいいとして、葬られている人の名前はどこで確認するのだろうと疑問が浮かぶが、サトコさんはすたすた芝生と芝生の間にある道を進んでいくその先に石造りの掲示板のようなものがあって、人の名前が刻まれた、小分けの羊羹みたいな石がいくつもはまっていた。掲示板は八段に仕切られているが、人の名前がある段とない段がある。名前の文字は白と赤の二種類で男と女なのかと思ったけれど、色々見て行くとどうもそうではないらしいことがわかる。夫婦なのか同じ苗字で並んで一人は赤、もう一人は白という場合もある。単に好みの問題だったりするのかもしれないが、人の名前が並ぶのを見て「樹木葬」ってクラウドファンディングみたいなものじゃないかと妙なことを思う。出資してみんなで樹を植える、リターンはそこに葬られること、羊羹みたいな石に名前を刻めること、出資額に応じて名前の色を赤に変更できたり、もっと金を払えば一人一本樹をあてがわれ、山の一部となって半永久的に自然保護にも貢献できます！みたいな。全然違うか。

　やっぱいないかー、ハズレだと予想はついていたらしいのにサトコさんはなんだかがっかりしたように言って、もう一度、指でたらたら人の名前を撫でながら確かめていく。苗字は知らないが、確かに「文武」はどこにも見当たらない。落ちたなあ、と受験番号を探すような気分で眺めてみて、でもまあこんなところに名前なんかないほうがいいような気もするけれど、せっかくなんで、あっちも見てみましょうか、とサトコさんは言ってサトルさんがいるはずはない普通の墓のほうへ歩いていった。芝生の隣にあるビニールハウスのような建物がドッグランらしく、土には犬が跳び越える柵が埋まっているし、ボールやフリスビーも転がっている。奥にある教会みたいに十字の装飾がしてある白い三角屋根の建物には「ペット霊園」と大きく書かれていて、入口には狛犬のように犬と猫らしい石像が向かい合っていた。近くに寄ってみることはしないが、粗末な立て札で案内されているだけの「樹木葬」とはだいぶ扱いが違った。わざわざドッグランを設けているのは飼い犬が死んでのち、そのまま同じ土地に建つペット霊園に誘導するための仕掛けなのかと思えば、商魂がたくましいというか、ちょっと邪悪な発想に思えてしまうけれど、一緒に遊んだ思い出の地に愛犬が葬られるのであれば、飼い主の感慨もひとしおというわけで、双方にとっていい形なのかもしれない。

「なにしてんの」

「墓参り」

「誰の」

「知らない人」

「なんでよ」

「ひょんなことからね」

「知らない人の墓参りに行くなんて、愉快な人生だね」

「そうでもないよ、全然そうでもない」

　芝生の前のベンチに座ってコーラを飲み、シンボルツリーを記念に撮ってみようとする画面が「友香」になった。出会った頃は「小山友香」とフルネームで登録していたが、付き合うようになって苗字を消した。また元に戻してみたらどうかと思って、しかしそれをする意味はなんなのか、だいたい新しいなんとかさんと結婚するのだし、これから友香とやりとりをすることもなくなるはずだ、というか今だって別にない。友香は知らない人の墓参りについては追及せず、しかし言葉を続けようともしない。いったい何の用だとは聞かずに樹木葬って知っているかとたずねれば、親戚に確かそういう人がいたはずだと答える。「里山型」かそれとも「シンボルツリー」なのかと質問を重ねるよりも早く、あの、よろしかったら、今度、私と一緒にランチでもいかがですか、とかしこまった言い方で誘ってくる。それを聞いて俺は友香の葬式に行くことはなくなったのだと不意に思った。いや別に、離婚しても葬式くらいは行ってもいいのか、そもそもそういう報せは届くのだろうか。二時間ドラマなんかだと、死んでしまった人と過去に関係があった人が参列しているのを家族が見つけて、「ここはあんたの来るような場所じゃない！さっさと帰れ！」なんて咎めるシーンがあるけれど、俺も友香の夫や子供にそんなことを言われたらちょっと嬉しいかもしれない。子供は作らないと決めた俺たちは、お互いの最期を看取ると約束していた。

「別れたばかりの夫とランチってのは、どうなんすか」

「別れたばっかりだから行けるんじゃん」

「いやー、倫理的にまずいでしょ」

「あいにく私はとっくに道を踏み外しちゃってるもんでね」

「笑えねえよ」

「ごめん」

「いや、なんか、こっちもごめん」

「なんで？なんのごめん？」

「いやまあ、別になんでもいいんだけど」

「けどそのうち完全に音信不通になるんだからさ、ランチ行くなら早いほうがいいかなって思って」

「なんで行く前提なんだよ、無理だよ、行くとしても十五年とか経たないと無理だってば」

「そんなん、生きてる保証ないじゃん」

「俺とのランチを励みに生きろよ」

「なに言ってんの、全然面白くないし、そっちが死ぬかもしんないじゃん、ってか普通に死んでそうじゃん」

「不吉なこと言うな、とにかく行かねえよ」

「なんでよ、私おごるよ？」

だから行こうよ、タダ飯食えるんだからいいじゃん、とでも言うつもりかと思えば吹き出しそうになって、まさか慰謝料代わりというのではないだろうけれど、もうそれで片を付けてしまってもいい気がして、だけど子供がお腹のなかにいる友香と会うのはなんだか気がすすまない、というか怖い、そうなっている友香に対してどんな感情を抱くのかわからないのがすごく怖い。むちゃくちゃエモって、おかしくなってしまって、友香をひどく罵ってしまうかもしれず、ひょっとして友香はむしろそうなることを望んでいるのではないか、それを受け入れることで自分の浮気を償うことの一部にしたいと思っているのではないかと、そんなところにまで考えが至ってしまうから、つうか、そっちはなにしてんの？と話題を無理やり変える。俺の気持ちを汲んだのか、まあいいや、と諦めたようなことを言って、っていうかね、私はね、あなたの顔が本当に好きだったんだよ、めちゃくちゃ好きだった、今更なんだよって感じだろうけど、なんか、それを無性に言いたくてさあ、あなたはマジでいい顔してるよ、うん、万人受けはあんましないだろうけど、でも、本当にいい顔をしている、私はね、今でもあなたの顔がいちばん好きで、それは一生変わらないってはっきり言えるし、たぶん死ぬときもあなたの顔を思い出して、めっちゃ好きだったなあって、ホントにいい顔だったなあって嬉しくなっちゃうと思うんだよね、なんて急にとてつもなく褒めてくるから、自分でも言ってるけど、なんで今更になって、いきなりそんなことを言ってくれるのか、迷惑にもほどがあるし、頼むから感情をかき乱さないで欲しいけど、そんなふうに言ってもらえるなら離婚した甲斐があった、いまこの言葉を聞くために離婚したのかもしれない、なんて倒錯してしまいそうなほど嬉しくてたまらず、もう何も言い返せない。返す言葉などもとよりない。結婚しようとプロポーズしたとき、その顔が毎日見られる生活は最高に幸せだなあ、と友香は喜んでくれた。

「ま、気が向いたらランチ行こう、またメールするから、誘えるうちは誘い続けるから」じゃあね、墓参り楽しんでね、とおかしなことを言って通話を終えそうなところで、俺も友香の顔が超好きだったよ！どうにか言葉を振り絞れば、なーんで上手く行かなかったんだろうね！と声を弾ませて友香は電話を切った。いやなんでって、お前が浮気したからじゃねえか、全部お前のせいじゃないかよ、いや、違うのか、それも、浮気も、やっぱり俺のせいなんだろうか、たぶん俺のせいなんだろうね、うん、俺が悪いんだな、全部俺が悪い、なにもかも俺だけが悪い、だから慰謝料もらう資格なんか最初からないんだよな、別に欲しいなんて思ってないけどね、などといじけながら残っているコーラを供えられたボロボロの花に撒く。空になったペットボトルを投げてシンボルツリーに命中させてみたいとバチ当たりなことを考えるが、どうせ一人で死ぬだろう俺も実家の墓ではなく樹木葬のほうが相応しい気がしてくる。

「なんか、電話？」

「あー、元妻と」

「えー、バツついてるんだ」

「ひょっとして、サトコさんも」

「いやいや、ぜんぜん、未婚だよ、一緒にしないでよ」

「そっか、すいません」

「あれでしょ、別れても元妻をまだ愛している芸人だ」

「まあ、完全にそうですね」

「芸人なの？」

「芸人ではないっす」

もう一度だけとサトコさんはまた石造りの掲示板を眺める。赤と白ってなんですかね、と問えば、生きてる人と死んでる人でしょ、あっさり返ってくる答えにああそうかと納得するが、色を変えておく理由がわからない。白が圧倒的に多いから生きているのが赤ではないかと思うが、わざわざ死んでから白く塗るのか、それとも名前を新しく作り直すのだろうか。家族を亡くし、やがては同じように葬られる予定の誰かが墓参りにやってきたとき、自分の名前を見つけやすいようにするための配慮だったりするのか（どういう配慮だ）。まだ自分は生きているということを、この先も死んだ人を思いながら生き続けなければならないことを「赤い文字」で刻まれた名前を見て再確認するためか。念のためね、とサトコさんはポケットから小さなデジカメを出して、その名前たちを撮影する。事務所らしきところでサトルさんが葬られているか確認してみたらどうかと言ってみたが、そこまではいいや、ってかそんなこといちいち把握してないっしょ、と流してサトコさんは記念写真撮ってと俺にデジカメを渡し、「ありがとう　ありがとう　ありがとう」と三度も刻まれた墓の前に立つ。

「なんかこの人の孫だったら、お年玉とか超もらえそうだよね」

「っていうかサトコさんはなんて刻むの？」

「温泉マークとか、縁起よさそうじゃん？」

「あー、記号っていう手があったか」

「まあ私は化け物だから死なないんだけどねー」

鬼太郎の主題歌みたいなことを言うサトコさんにじゃあ交代と手を差し出されるので、iPhoneを渡してなぜか俺も「ありがとう　ありがとう　ありがとう」の前で写真を撮られながら、サトコさんは本当に化け物で死ぬことができないから、さっき自殺したいなんてもらしたんじゃないかとバカみたいなことを考える。タイマーをセットしたデジカメを誰かの墓石の上に置かせてもらい、揃ってダブルピースをキメた不謹慎なツーショットまで撮ったそこには得体のしれないものが写っているのかもしれない。帰りのバスは一時間に一本しかなかったが、十分ちょっと待てばよかったし、なぜか高速バスみたいにやたらと大きい車体で乗り換えることなく新潟駅まで一本で行けた。今度は縦並びではなく、二人掛けの席に通路を隔てて座った。駅に着くのは五時過ぎになるはずで、つうか、これからどうしますかね、と問いかけながら山岡の言った「そここに浮き名を流す」を思い浮かべていたけれど、とりあえずお風呂入りたい、そんでがっつり寝たい、マジで寝たい、と心底疲れたようにサトコさんは言ってギターケースを抱えながら、今度こそはちゃんと眠っているようだった。

「で、やったのかよ」

「やってねえよ」

「やりそうにはなったんだろ？」

「なってねえよ」

「なんでだよ」

「知らねえよ、つうか、俺もう帰っていいか」

「帰る？なにゆえ」

「いる意味ねえもん、普通に退屈だし、わけわかんないし」

「そりゃお前、知らん人の墓参りに行くなんてわけわかんないに決まってんだろ」

「あ？」

「あ、いや、ごめん」

「とにかくもう俺は帰るからな」

「終電」という表現は新幹線に似つかわしくない気もするが、今からでもそれに間に合う。駅でテキトーにお土産を見繕って東京に戻るその足で「名前」に行ってもいいし、これから帰ることになったんで飲みませんかと「煮魚」さんに連絡すれば付き合ってくれそうだけれど、俺の要求を無視して、つうかお前自身にさ、やってやろうっていう気概が足りなかったんじゃねえの？などと責めるような口調であまりにバカすぎる問いを投げながら山岡は自分の頭を撫でまわすのは、早くつっこめよというアピールだろうか。この間会ったときは、というか知り合ったときからずっと肩に届くくらいの髪を輪ゴムで一つに束ねているのだが、サトコさんが俺を待っていたように新潟駅西口に立っているとようやく現れた山岡は金髪坊主だった。それはそれで別に悪くない、むしろよく似合っているくらいだけれど、その変貌については何も言ってこないし、俺もこれっぽっちも興味がないからスルーしている。ろくに状況を説明もせず、遅れてやってきたくせに、いやいや、出迎えご苦労、大儀であった、苦しゅうない、などと冗談でもムカつく態度の山岡はスーツ姿だったが、電話で言っていたように仕事が相当大変だったのか、かなり憔悴しているようには見えた。

「まあ、二人のあいだに浮き名は流れなかったわけだ」

「うるせえよ」

「サトコと一緒にいてなんも起きないなんて、信じられないよ」

「そんなにかよ」

「そんなにだよ、むしろ偉業と言っていいくらいだ」

「ってかそもそも、ホントにそういう人なのかよ」

「そりゃお前、サトコ通れば浮き名流れるっていうくらいだからな」

　くだらないことを言ってにやにや笑う山岡はお猪口に日本酒を注いで一息で飲み、また注いでぐっとあおる。俺も自分の猪口を満たしてくっと飲めば美味い、日本酒の味を表現するスキルは無いけれど、こういうひっかかりのない、雑味のない、いい言葉ではないかもしれないがあんまり個性を感じない、でもするすると飲んでしまうそのときにしっかり美味い、酒ってホントに美味いよなあとしみじみ思わせてくれるタイプの日本酒だから、もう少し飲んでもいいような気持ちになりつつ、ってか、サトコさんからはまだ返信ないのかよ、と催促すれば、うっせえなあ、と山岡は悪態をつき、無理やりに寄せ集めたとしか思えない刺身十四点盛りの説明されたってなんだったか覚えてもいられない白い切り身を手でつまみ、醤油もつけず口に放り込んでから電話不審に思うが、出ない、やっぱ出ないよ、と言ってのち、ってかさ、お前的にはさ、その、墓に行ってどうだったよ、と妙なことを聞いてくる。

「は？なにがだよ」

「いやだから、霊園行ってきたわけだろ」

「行きたくもなかったけどな」

「で、なんだ、その、行ってみて、どう思ったよ」

「なにが」

「だから、樹木葬はどうだったって」

「サトルさんはいなかったって言ってんだろ」

「それはわかったけど、そうじゃなくてさ、樹を見てお前はなにを思ったんだよ」

「は？どういうこと？」

「だから、その、ざっくりと墓参りの感想を聞かせてくれよ」

「んなものはねえよ」

「いやいや、ないってことはないだろ、なんかしらあるだろうが」

「知りもしない人の墓を見て感想もクソもあるかっての」

「マジで言ってんのか、お前には心ってもんがないのか」

「クッソどうでもいい」

「なあ、もう一つ聞いていいか」

「嫌だ、質問は一切受け付けない」

「お前の知り合いで自殺した人っている？」

　拒否したにもかかわらず、そんなこと普通聞くかよ、非常識にもほどがあるだろと言ってやりたくなる問いかけをしてくる山岡を睨めば、あ、いや、特に深い意味はないんだ、とさっさと謝ってきて、ちょっと仕事の電話してくるわと逃げるように席を立つ。新潟にやってきて、サトルさんの墓参りを目前に控えて、ますますおかしなテンションになっているのだろうか。迷いを払拭し、気合を入れるために金髪坊主にしてみたのかもしれないが、っていうか俺はなんで新潟にいるんだろうと今更のように思ってむなしくなり、どういう結末になろうとも今後山岡とは本当に一切かかわらない、絶対にかかわらないと固く誓ってとっくりを傾ければ空だから、店員を呼んでおかわりをもらう。自殺した知り合いならいる。四年前の四月、元上司だった柿田さんが自殺した。柿田さんと俺と「骨林」という奇怪な名前の後輩と三人、同じ島で仕事をしてしょっちゅう飲みにも行った。柿田さんは家業の布団屋を継ぐとか言って自殺する前年の十月に仕事をやめたのだったが、本当は家業なんてものはなかったし血縁とも関係はほとんど切れていたらしい。遺書もなかったから自殺した理由もわからなかった。柿田さんは公園のベンチで服毒死だった。

　焼かれる前日、俺と骨林が安置所にいる柿田さんに会いに行くと、遺族を代表して熊本からやってきたお姉さんが棺の置かれた部屋で一人酒を飲んでいた。お姉さんにこの度はご愁傷様です、というような挨拶をして柿田さんの顔を拝み、手を合わせ、いや、柿田さん、死にましたか、死んじゃったんすか、いやーマジすか、しかも自殺とか、正直意味わかんないっす、ホント、なにやってんすかマジで、なんか俺は九十五ぐらいまで生きるとか言ってませんでしたっけ、まだ四十にもなってないし、さすがにもうちょっとがんばらないとダメでしょ、そういや仕事やめたらタイとかインドネシアとか、そっちのほうで暮らすみたいなこと言ってましたよね、ってか、なんでそっちで暮らしたいんでしたっけ、もう忘れちゃったけど、柿田さんやめてから新人が入ってこなくて、俺と骨林だけでマジしんどいんですけど、っていうか、そろそろうちの島自体がなくなりそうですけど、やー、マジで死にましたか、いや、真面目に死なないでほしかったです、なんかつらいことあったんだったら言ってほしかったですよ、もちろん俺が力になれたかはわかんない、ってか、たぶんなれなかったんでしょうけど、一緒に飲んだりくらいは全然できたし、っていうかそれしかできないすけど、ぶっちゃけ柿田さんのこと、俺は結構尊敬してたんで、うん、具体的に尊敬ポイントを説明するのはちょっと難しいですけど、柿田さんが死んでだいぶつらいのは本当で、つうか、一人で飲んだ帰りとかに柿田さんのこと思い出して普通に泣いたりするから、マジで勘弁してくれって感じですけど、もう死んじゃったんだからどうしようもないし、色々とお疲れ様ですっていうか、まああの、どうか安らかにお眠りください、俺は柿田さんのことは忘れません、マジでありがとうございました、つうかお姉さん、だいぶ美人ですね、なんて語りかけたりする、そういうことが終われば、なに飲む？もちろん飲んでくよね？と待ちわびていたかのように上ずった声でお姉さんは言って、テーブルの上には一升瓶、ワイン、缶ビール、そしてちょこちょこと色々なつまみがあった。

俺たちも柿田さんに供えるべく酒をかなり持ってきたけれど、どうせあいつはもう飲めないんだし、せっかくだから一緒に飲んじゃおうよという誘いに応じて、しばらく死んでしまった柿田さんを眺めながら飲んだ。「死んだ柿田さんを眺めながら飲む」なんてまったくバカバカしいことだけれど、でもそんなシチュエーションのバカバカしさに柿田さん自身がどこまでもウケているような気がなぜかして、だったら俺もむしろそれを面白がるくらいの勢いでのぞむことが柿田さんへの何よりの弔いだと思ったりした。柿田さんが大好きだった職場近くの中華料理屋で餃子を作ってもらい、棺に入れて一緒に焼いてもらえないものかと生の状態で持っていったのだったが、もったいないので私が食べるよとお姉さんの供えさせない態度とでもいうのか、それは徹底していた。柿田さんは熱狂的なベイスターズファンだったから、なんとなく筒香のユニフォームも買ったのだけれど、それも私の寝間着にするからと受け付けなかった。お姉さんはなぜ柿田さんが死んだのかなんて話はいっさいせず、職場での柿田さんについてたずねもしない。そもそも会うこと自体が十数年ぶりで、しかも次に会うときは間違いなく死んでいるからと柿田さんは言っていたらしく、あいつは昔からムダに意志が強いっていうか、口にしたことは絶対にそれをやってのけてたからさ、徹底してんなあって感心しちゃったよね、なんて嘲るように言って、だけど言葉通りに思っていそうでもあった。俺たち以外に誰もやってこなかったので、まあ柿田さんは友だちとかいそうもないよな、なんて失礼なことを思ったりしながら、今日は部下として尊敬している上司のために時間の許す限り付き合いますからね、と気合を入れてひたすら酒を飲んでいると、柿さん、なんかパワプロのアプリにハマってましたよねー、唐突に骨林が口を開いた。

「あー、なんかだいぶ課金とかしてたんだっけ」

「そうそう、意味ないからやめなよって言ってたんだけどね」

「パワプロ？」

「野球のゲーム、って柿さんがやってたのはスマホのアプリで、基本無料の」

　これですとiPhoneを見せる骨林もそのアプリを触っていたみたいだが、課金するなんてあり得ないとかいい大人がみっともないとか、月に何万円も費やしていたらしい柿田さんをバカにするようなことを言っていた。それ、どういうゲームなの、んー、いい選手作りまくって全国で順位とか競い合うのかなあ、無料なのにわざわざ金払ってたってことだよね、そうそう、そのほうがいい選手作りやすいから、ふーん、とお姉さんは特に興味もなさそうな感じだったが、柿さんってね、実は職場のみんなも選手にしてたんですよ、と骨林が暴露したことは俺も知らなかった。

「どういうことだよ」

「だから、みんなの名前で選手を作ってたってこと」

「じゃあお前もいるの？」

「いるよ、骨林選手はミートもパワーもめっちゃ低いし、守備もザルなの」

「全然使えないじゃん」

「だって作ったの柿さんだし、でも足の速さだけはエグいんだよね」

「どういう基準なんだよ」

「知らないけど、センパイはピッチャーで、なんか変化球がいっぱいあったよ」

「技巧派ってわけだな」

「性格が悪いってことでしょ」

骨林は真顔で俺をディスってきたが、ホントにお前はどこまでもひねくれてる奴だなあ、みたいなことを俺は柿田さんにしょっちゅう言われていて、そういうイメージ（ひねくれている↓真っすぐな性格ではない↓変化球が多い）を選手能力に反映させたのだろうか。家にいても暇だからとか言って定時よりも一時間近く早く出社したり、資料を頼めばあっという間に作ってしまうものの、見返してみると穴がめちゃくちゃあってまったく使い物にならなかったりするようなところが骨林選手のスピード特化能力にあらわれているのだろうか。なんにせよ同僚をゲーム上で自分勝手に再現するなんて気持ち悪いことしてんなあと呆れるよりほかなく、しかし俺の知らない一面を把握していた骨林が少しうらやましくもなったけれど、ならば柿田さんと折り合いが悪かった人たちはゴミみたいな能力にされたのだろうか、その使えなさを見て柿田さんは悦に入ってたりしたのだろうか。じゃあ、あいつは自分も作ってたんだろうね、とお姉さんは言って、もしそうであれば、すごく出来のいい選手にしたいと普通は考えるところを柿田さんなりの厳しい自己評価のもと、いたって凡庸な能力に留めたのではないかと不躾なことを思ってしまったけれど、あいつそんなことしてんだ、ネクラな奴だなあとお姉さんもだいぶ引き気味だったからパワプロの話はそれで終わり、以降は柿田さんと全然関係ないことをしゃべりながらダラダラ飲んだのだったが、その日をきっかけに骨林とお姉さんは付き合うようになり、来月には結婚式に呼ばれている。式で二人の馴れ初めを説明する際に「新婦の弟、弘利さんの自殺を機に交際をスタート……」なんて紹介されたとしたらあまりにも不謹慎すぎて最高に面白く、柿田さんにとってもそれは素晴らしいのではないか。

「サトコ、起きたって、そのうち来るってよ」

「そのうちっていつだよ」

「知らねえよ、気長に待ってろよ」

「つうかお前も早く戻って来いっての」

「そうしたいのはやまやまなんだけど、悪い、もう一本電話しなきゃ」

　戻って来て言えばいいのにわざわざ電話で伝えてくる山岡は最近仕事が変わったらしいのでなにをしているのか聞けば、なんでもやらされるけど基本的には営業だなとか言っていたが、営業職があんな髪型になって大丈夫なのだろうか。山岡は仕事でも「ゴクウのゴでサトル」を絶対に使っている、そう思うとなんだか意味もなく恥ずかしくなってくるけれど、俺はさ、お前に幸せになって欲しいんだよ、心の底からそう思ってんの、今回の新潟行きは墓参りだけじゃなくてお前とサトコを引き合わせる狙いもあったんだよ、お前ら絶対ぴったりだと思ったからさ、だからお前にはもうちょっと気張ってもらわないと困るんだよ、などとウザいことを言ってくるので、余計なお世話だ、さっさと帰ってこいとこちらから切ってしまう。新潟駅までずっと眠っていたサトコさんを起こしてバスを降りると、こっちですと宿泊先に向かってまた歩きはじめて、霊園の場所も行き方も知っていたように今回の旅に関する事柄を万事心得ているらしいことに驚きはしなかったが、到着した駅裏にあるわりと大きな、しかしだいぶ古そうな感じのホテルは山岡の名前で予約しているのではないかと思えば、偽ってくださいと堂々と言われる。予約した山岡ですと変に緊張しながら受付でそう告げると、二名様のご予約ですねと差し出された紙に書かなければいけない住所もサトコさんのスマホにちゃんとメモしてあった。「渋谷区恵比寿」とは山岡のくせに生意気だなんて思いながら記入をすませて、しかし名前はごまかせるにせよ、男二名から男女一名ずつに変わっていることは咎められないのかと気になったけれど、カードキーではなく、赤い透明の角棒がついたやけに重い鍵を一つ手渡されて、十一階ですとあっさり言われる。そのとき初めて山岡と同じ部屋に泊まる予定だったことに気づいて、サトコさんと一緒でよかったと思った。

「タバコ、吸うんですか」

「吸わないけど」

「山ちゃんは吸いましたっけ？」

「吸わないはずだけど、吸うようになったんすかね」

　無理やりシングルベッドを二つはめ込んだような、ほとんど物を置くスペースのない狭い部屋は扉を開けた瞬間に喫煙室だとわかるほど匂いが染みついていた。俺の知っている山岡はタバコを吸わないどころかひどく嫌っていて、煙たい音楽サークルの部室にいるよりも廊下に出てダベったり弾き語ったりしている時間のほうが多かったくらいだが、間違えて予約したのか、喫煙しか空いてなかったのか、とにかく昔のままのタバコ耐性なら山岡にとってはかなり苦痛のはずだ。あるいはサトルさんの影響で山岡は喫煙者になったのだろうか。机の上には薄型テレビと電話と魔法瓶とホテルの案内冊子、Wi-Fiは飛んでいないらしくＬＡＮケーブルがごそっと置いてあり、もちろんユニットバスだったが、風呂入っていいですかね、部屋に入るなりサトコさんはさっそく言って、っていうか着替えとかどこにあるんだと思えば、ギターケースから白いギターを出してベッドに寝かし、続けて少し膨らんだビニール袋を一つ出す。アレだったら、ギター弾いていいですよ、思いっきり弾き語っちゃってくださいよ、などと言って浴室に入ったサトコさんがベッドに寝かせたギターはギブソンのレスポールカスタムで、ちょっと拝借してじゃらじゃらコードを弾こうと思ったけれど、二弦が張られていないからそのままにしてテレビをつける。地上波、ＢＳ、ＣＳ、適当にザッピングして外国のニュース番組にしておく。そのうちサトコさんが風呂から出れば、俺も入れ替わってシャワーを浴びる。それから情事に至ったとして、でも離婚以降の俺はまるっきり使い物にならず、きっちり数えて三回そうした機会があったけれど見事に三敗だった。さっちゃんのときもそうだった。私が絶対ちゃんとさせる！と意気込んで朝まであれこれしてくれたさっちゃんには悪いことをしたが、徐々にね、少しずつできるようになればいいからね、となんだかリハビリのように言われている。浮き名を流しまくっているというサトコさんのテクニックならどうにかなるのだろうかとアホなことを考えてしまう。

　やー狭い、ひどい、まるで風呂に入った気がしない、どっかこの辺にスーパー銭湯でもないのかなあ、と文句を言いながらＴシャツにパンツ姿で出てきたサトコさんに続いて浴室に入る。事に及ぶ可能性などほとんど期待していないのにいつもより入念に身体を洗い、万が一そういうことになったらその時はよろしく頼むぞ、一緒にがんばろうなと股間にぶらさがっている覇気がないものを励まし、だけど服はちゃんと着て部屋に戻るとサトコさんは仰向けになって右腕で視線を隠し、もう眠っているふうだった。Tシャツがめくれて滑らかな腹が見えている。触ってみたいと思ったが控え、俺もだいぶ疲れているので自分のベッドで眠った。目を覚ましてよく寝た、だいぶ寝てしまったと思ったのに三十分も経っていなかったし、サトコさんもそのままの体勢だった。喉が渇いた、とりあえずビールが飲みたい、エレベーター横に自販機があったはずだと外に出たところで鍵を持ってこなかったことに気づく。カードキーでもないくせにオートロックだったから戻ることができず、いつものくせでiPhoneはちゃんと持ってきたし財布はポケットに入ってはいたが、サトコさんの連絡先は知らないし部屋にインターホンもそなわっていない。ドカドカ叩いて起こすのも申し訳ないし、不審人物に思われたくもないので、いっそ外に出ることにした。目をつけていたいくつかの居酒屋は「古町」という一帯にあるらしく三十分近く歩かなければいけないので、とりあえずそこいらの居酒屋に入り、山岡にサトコさんの連絡先を教えろと連絡すれば、レモンサワー四杯をだし巻き卵、梅水晶、イワシフライでやっつけているうちにそろそろ新潟に着くと返信が届いた。

「なんだよ、早く戻って来いって言ってんだろ」

「なんかちょっと、色々考えちゃって、わかんなくなっちゃってさ」

「知らねえよ」

「墓参りに行くの、やっぱやめようかな」

「ふざけたことを言うな」

「行っちゃったらさ、サトルさんが死んでることを肯定するみたいで嫌なんだよ」

「意味わかんねえよ、全部ひっくり返すようなこと言うんじゃねえよ」

「葬式にも行かなかった、だってサトルさんが死んでるなんて受け入れられないよ」

「なら俺を誘うなよ、俺はわざわざ新潟まで来てやってんだぞ」

「それは本当にありがとうだし、お前のことはかけがえのない友人だと思ってるし、とにかくお前はサトコと楽しくやってくれよ、俺は二人が無事に結ばれることを祈ってるから」

「何様なんだよお前は、ホントやめろよ」

「俺はサトルさんが好きだったんだ、誰よりも愛してたんだよ」

「それはわかったから」

「俺たち付き合ってたんだ、ちょっとの間だけど、俺とサトルさんは恋人同士だったんだ、楽しかった、幸せだった、ずっと二人で生きていくと思ってたんだ、なのに、なんでサトルさんは死んじゃったんだよ、しかも俺をおいて一人で死ぬなんて、どうなってんだよ、もうなんもかんもわかんないよ」

「俺だってわかんねえよ」

　刺身十四点盛りを一人で平らげ、つまみを追加し、酒を飲んでいてもちっとも山岡は戻ってこないので電話をかけるとあっさりつながったものの、めちゃくちゃエモって手が付けられなくなっている。もう東京には帰れないし、サトコさんと同じ部屋で眠ってもどうせなにも起きないだろうから、予約通りに山岡を泊まらせて俺はマンガ喫茶とかファミレスで過ごし、朝一で帰ってしまおうと思っていたのだが、やっぱりダメだ、ごめん、今の俺はだいぶヤバいから、今夜はこのままブラブラするよ、とこの期に及んで戻ってこない宣言をかましてくるから暴力に訴えたくなる。お前マジでふざけんじゃねえよと声を荒らげてしまったが、でも確かにエモが極まっている山岡の相手なんかしたくないし、俺の座布団の下に金があるから、ごめん、とりあえず今日のところはそれで勘弁してくれ、と俺の怒りをスルーした山岡はわけのわからないことを言って、その指示通りに座布団をめくってみれば「迷惑料」と書かれた茶封筒がある。よくわかってんじゃねえかと一瞬ウケてしまったけれど、最初から逃げ出すつもりだったのか、墓参りには本当に行かないというのか。気持ちを整理してまた明日、たぶん連絡する、連絡できなかったらごめんだけど、でもお前とサトコのことは応援してるからな！どうか幸せになってくれよな！と山岡は逃げるように電話を切る。封筒にはピンピンした一万円札が十五枚入っていた。

「よーし、今夜は豪遊しちゃいましょう！」

「つうか、これ二人で山分けして、もう解散しません？」

「墓参りはどうすんのよ」

「もう行かないんじゃないすか、山岡はおかしくなってるし」

「じゃあうちらが代わりに行かなきゃじゃんよ」

「いや、俺たちは関係ないでしょ」

「だったら金はもらっちゃダメじゃね？」

ようやく姿をあらわしたサトコさんの発言は正論に思えなくもないけれど、自ら「迷惑料」と言っているのだし、今の今になって墓参りに行きたくないとかふざけたことを言い出した山岡が明日現れるかどうかもひたすら怪しく、ここまでコケにされて律儀に約束を守る必要なんかないと俺は思ってもいて、何よりも山岡にはもう一生会いたくない。だから十五万円をまるまるサトコさんに託してしまってもいいのだが、ってか、それはともかくさ、私とやんないの？と問われて、やる？なにを？と問い返せば、セイコーイ！とサトコさんは守備練習する野球少年みたいに威勢よく言って生ビールをぐいぐい飲む。お互いね、わけもわからず新潟まで来ちゃったんだし、たぶんこの先一生会うこともないんだから、やっとかなきゃもったいないじゃんよ、とそこここに浮き名を流すらしいサトコさんの申し出に、いやあ、誠に申し訳ないんですが、離婚してからというもの、まったく使い物にならないんですよね、なんて俺は自虐気味に答えてしまうと、問題ない！まったく問題ないよ！結果よりも仮定が大事だからね！と満面の笑顔で返されて、だけど過程についてだって俺はちっとも自信はないどころか、味のしなくなったガムをひたすら噛み続けてるみたいにするよね、と冷めた声で評されたくらいだ。

たぶん山岡だろう男と素っ裸でキャッチボールをしている最中に諍いが起こり、カッとなってバットで頭を殴ってしまう夢から覚めて、まだチェックアウトまで三時間近くある。シャワーを浴びて外へ出る。二日酔いとまではいかないものの、かなりダルいし、相当飲み食いしたはずなのにやけに腹が減っている。ホテルの朝食バイキングは大好きだから最初は和食、次に洋食、まだ食べられるから好きなものをちょっとだけ、最後はフルーツといつだって何周もしてしまうが、宿の雰囲気からしてかなりお粗末なものが出そうなので素泊まりでもたった四百円で食べられるらしいけれど行かない。近くのセブンイレブンでハムカツたまごサンドとからあげ棒と氷結を二本買う。宿泊先のはす向かいにはラブホテルがあって昨日帰ってくるときに入るのか、入らないのか、入りたいに決まっているがまごまごしている二人をサトコさんと眺めた。初めて行ったラブホテルの名前覚えてる?と聞かれてバルセローナ!俺は即答すれば、早押しかよと笑われた。そんな名前のわりに畳敷きだったのを思い出して笑えたが、都市つながりじゃんと言ったサトコさんの初ラブホは「ニューヨーク」らしく、そこへ行くことを彼氏との間で「ウルトラクイズ」と呼んでいたらしいから、ものすごく頭が悪くていい。

「先生、ありゃどうやら不倫ですぜ」

「なんでわかんの、つうか先生ってなに」

「腕を組んでるから、手をつないでないから」

　実感のこもったような声で、でもたいして当たっていないそうなことを言うサトコさんはどうせこの時間じゃ満室だよー!家でやんなよー!そんで二人で駆け落ちしちゃいなよー!なんて大声で二人を思いっきり冷やかし、さっさと駆けだすから俺もあわてて逃げた。そのホテルは「北欧」だったから都市ではないけれど、ジャンルはちょっと似ていた。新潟なんだからいっそのこと「北陸」にすればいい。部屋に戻って、っていうか、そう言えば、飲んだ帰りにさっきのセブンイレブンで赤いきつねとかカレーパンとかハーゲンダッツなんかを買ったのではなかったかと思い出せば、机の下のゴミ箱にそれらのゴミが捨ててある。いつ食べたのだろうか。冷蔵庫には俺のストロベリー味が残っているけれど、冷凍ではないから蓋を開ければドロドロに溶けてしまっていて、ずるずるそれをすする。予想通り俺はまるっきり使い物にならず、四連敗目を喫することになった。過程について満足したのかはわからなかったが、まあ明日の朝またね、朝の元気なやつに期待しようね！なんてサトコさんがゲスいことを言って風呂に入ったのは覚えているけれど、戻ってくる前に俺は眠ってしまい、目を覚ますといなくなっていた。

　いつのまにかいなくなっている、そんな予感はだいぶあったからそれ自体はあまりショックではなかったし、別にどうだっていいのだが、金の入った封筒は手つかずのまま置いてあったのでこのまま持ち逃げもできるのだけれど、サトコさんのベッドにサトルさんのものだという白いレスポールカスタムが寝かされているからまいってしまう。そしてギターケースはどこにも見当たらない。書き置きでも残してあるんじゃないかと、そんなことはつゆほども思わなかったが、とりあえずあちこち探してみて、やっぱりそういうものはどこにもない。単にどこかへ出かけただけならギターをわざわざケースから出して置いておくことなんかしないわけで、嫌がらせだと率直にそう思う。それ以外に考えられず、使い物にならなかったことに愛想を尽かされたのか、あるいはそこここに浮き名を流しているそのプライドを傷つけてしまったのかと思えば、うっすらと申し訳なさも覚えるけれど、どうせ戻ってくるはずはないにせよ、ひとまずチェックアウトぎりぎりまでサトコさんを待ってみようと思ってアラームをセットし、山岡から連絡が来れば気づけるように着信音もバイブもオンにしてからレスポールカスタムをどかしてサトコさんのベッドでもう一眠りする。夢の俺は救急車のなかで担架に乗せられていた。俺を取り囲むように友香とサトコさんとさっちゃんと喜子さんがいて、各々缶ビールや缶チューハイを飲んで談笑しているが、死んでいる俺には何を言っているのか聞こえない。とりあえずは楽しそうだから安心はして、でも身籠っているんだから、あんまり飲まないほうがいいんじゃないかと友香に言いたかったが声も出せない。

救急車を運転しているのは姉だった。でも免許なんか持っていないし、しかもカップ酒を片手にハンドルを握っている。ねー、音楽かけていいかなー、と後ろに呼びかける姉の声はだけどちゃんと聞こえるからさすがに家族だ、血を分けた姉弟だなんて思って、ちょっと泣きそうになる。音楽は流れはじめたのか、それはわからない。もし流れているのであれば、それはきっと俺の知らない激しいノイズにあわせて歌っているというよりは呻いているような、もだえ苦しんでいるような声が爆音で響いている。姉はよくそんな音楽を聴きながらなんだか難しそうな本を読んでいた。てっきり静かな、気分がリラックスするようなヒーリングミュージック的なものを聴いているのかと思ったのに、聴いてみる？と渡されたヘッドホンからは地獄がそのまま流れこんでくるような感じだったから面食らった。読書しながらよくこんなものが聴けるねと言えば、文章がよく頭に入ってくるからねと理由は単純明快だった。喜子さんがタッパーを出してみんなに見せると、美味しそうとかすごいとか、そういうことを言っているのが表情でわかる。友香がタッパーから卵焼きを取り、末期の水みたいにちょん、ちょんと俺の口元に触れさせる。そして自分で食べた。サトコさんは唐揚げを、さっちゃんはアスパラの豚バラ巻きを、喜子さんはミニトマトで同じことをした。それからも四人は色々なおかずを俺の口元に触れさせてから食べた。サイレン鳴らしていいかなあ、とまた姉の声が聞こえる。サイレンの音は聞こえてこないけれど、一気にスピードが上がったのできっと鳴らしたのだろう。その反動で誰かの酒が俺の顔にかかった。

　車を停めた姉がバックドアを開けて喜子さんとさっちゃんが外へ出ると、なかに残った二人と一緒に担架を持ち上げた。着いたのは実家のすぐ目の前に広がっている海だった。歩いて二、三分で行くことができる海は二階にある自分の部屋から毎日見えていたけれど、俺はそんな土地で育ったのに泳げなかったし、わざわざ出かけて夕陽を見ながら黄昏れるなんてこともせず、めったに足を踏み入れなかった。結婚する前に友香と一度だけ来たことがあるが、海に馴染みのない土地で育った友香はまるで嬉しがらず、見ているだけで飲み込まれそうだと怖がって波打ち際に近づくこともなかった。昔は海水浴場だったからシーズンになれば海の家も建つほどに賑わい、どの家も他所からやってくる人のために駐車場として土地を提供し、俺も町内会主導の早朝海岸清掃に動員されたりもしたが、俺が高校の頃に子供が溺れ死んでからは遊泳禁止になった。少し離れたところに父親がいて水切りをしているのが見えるけれど、俺が運ばれていることには気づかないらしい。

「じゃあ、お願いね」

　姉が合図すると四人はそのまま海へ進んでいくから身重の友香が心配になるが、水が腰の辺りまで来たところで俺を離した。そしてまた浜のほうへ帰っていく。友香だけが一度こっちに戻ってきて、なにか短い言葉を俺に投げかけて去った。やっぱり聞こえなかったけれど笑顔だった。相変わらず美人だなと思った。この顔が好きなんだと思った。友香も俺の顔を好きだと言ってくれたが、俺は別に万人受けするような整った顔立ちではなく、だけど友香はちゃんと美人だ、めちゃくちゃかわいい、本当にかわいい、誰に聞いたってそう言うに決まっている、それくらいかわいい。初めて二人で飲んだときに思った、たぶんこの人と俺は結婚するだろうという確信と、こんなにかわいい人と結婚できるなんて、俺の人生は最高じゃないかという優越感がよみがえってきた。確かに結婚はした。波にさらわれて俺はどんどん沖の方へ流されていく。みんなが砂浜で手を振っている。父親は相変わらず水切りに興じている。このようにして俺は葬られた。この葬り方にはなんという名前がついているのだろうか。でも俺は本当は死んでいないのだし、死にたくはないので落ちてしまわないよう慎重に身体を起こすと水面に無数の担架が浮いているのが見える。しかしもう誰も乗っていないのはみんな海に沈んでしまったからだ。これから俺もそうなる。うわ、こええよ、やべえよ、死にたくねえよ、怖くなって、急に声が出る。音も聞こえるようになる。それで助けを呼ぶ。姉を、喜子さんを、サトコさんを、さっちゃんを、友香の名を大声で呼ぶ。助けて姉さん！喜子さん俺を迎えに来てよ！サトコさーん俺はここにいますよ！さっちゃん、ねえさっちゃんってば！友香、友香、友香、なあ友香、俺はお前がいないとダメなんだ、助けてくれ、友香！でも誰もやってこない。だいたいもう浜のほうは全然見えない。だけどもう一度、友香、助けてくれー！俺はまだ生きてるんだ！まだ葬られたくないんだ！もう一度お前に会いたいんだー！とありったけの思いを込めて叫べば、その声に共鳴するような大きな波のうねりにあおられて担架は転覆し、その勢いで壁にゴツっと思い切りおでこをぶつけて目を覚ます。氷結をぐっとあおる。十五分ぐらいしか眠っていなかったが、「さっそくだけど、来週の土曜とかどうすかね」と友香からランチの誘いがきていた。

「大丈夫、ちゃんと生きてるってば」

「なにしてんの」

「男が帰って、今まさに眠りに落ちるところだった、クソねむい」

「こないだ破局したばかりじゃなかったでしたっけ」

「男の替えなんていくらでもいるんだよ」

　実家を出るときに父親は別に帰ってこなくてもいい、連絡なんか寄越さなくてもいい、だけど家族が夢に出てきたら必ず電話をかけろ、もしつながらなければメールを送ってすぐに安否を確認しろ、なんて怪しげなことを言ってきた。なんだそれは、どういう意味なんだともちろんつっこんだが、嫌なら金を返せと父親が持たせてくれた三十万円の返還を求められたから、意図はよくわからないにしても夢見ることなんかそうないだろうと受け入れて、結局十年以上従っている。実際に父も姉も夢に出ることはそれほどなく、むしろ出てくれれば、たまには連絡をしてみようかと思うきっかけになってちょうどいいくらいだったが、ときたま二、三日続けて登場することもあるから厄介で、姉はともかく、自分で約束させたくせに、そんなに俺を夢見て、いったいどういうつもりだよ、などと父親は文句を言ったりする。同じことを約束させられている姉からも一か月ぐらい前に電話がかかってきたが、三人ですき焼きを食っている夢だったから、めんどくさいと思いながらも父親にもちゃんと電話をかけたらしい。父親自身もまた俺や姉を夢見たら同じことをするのだが、定期的に電話をかけてくるものの、暇だからとか、なにしてるかと思ってと言って、夢を見たからという電話はめったにない。私はなにしてたの、飲酒運転かな、つまんないなあ、どうせならもっと危ないことさせてよ、危ないことってなに、強盗殺人とか、あとは東京タワーを爆破するとかさあ、なんて不穏なことを言う姉に救急車とか俺が海へ流されたとか細かいことは説明しないが、筋に絡まず脇で水切りしていた父親にも電話をかけなければいけない。

「あんたはなにやってんの」

「新潟にいるよ」

「新潟？なんでよ」

「えー、なんだ、墓参りかな」

「お、ついにｅｘ．嫁ちゃんが成仏したの？」

「してないって」

「じゃあ今度知り合いの呪術師を紹介するからさ、呪い殺してもらおうよ、なんかしらｅｘ．嫁ちゃんが使ってた持ち物とかあるでしょ、マジで効くから」

「なにを言ってんの、つうか知り合いの呪術師ってなに、なんの話」

「ホント未練たらたらで情けないね、私の弟とは思えないよ」

　呆れたように言う姉はどこから仕入れたのか、それとも自分で発明したのか「ｅｘ．嫁」なんてバンドマンのプロフィールにあるような表現をいつも使ってくる。結婚式は行わず、親族の顔合わせのときにしか友香と会っていない姉に印象を聞けば、すげえモテそうの一言だったが、離婚すると報告したときには浮気されたのかと即座に言い当ててたから変に感心してしまった。よくわかったねと言えば、あんたはバカだけどいい奴だ、そして浮気なんて大それたことはできない、だったら嫁ちゃんの浮気しかないでしょ、と何をわかりきったことをといった感じで返してきたのだったが、友達の友達、ではなくて恋人だったのか、ともかく知らない人の墓参りに来ているなんて説明はややこしいから、友達の墓参りで新潟まで来たのだと答えてしまう。それはご愁傷様で、と意味のない相槌を打った姉の言葉が続かず間ができたので、寝てんの？と声をかければ、ちょっと限界だから寝る、近いうち飲み行こう、お父さんにもよろしく、おやすみ、元気でね、と俺は当然父親のことも夢に見ていると信じてでもいるのか、そう告げて電話を切る。そのまま父親にかけてみるけれどつながらない。固定電話にかけなおして呼び出し音が鳴れば、誰もいない実家の二階にあるリビングダイニングキッチンが浮かんで、いま耳にしているのとは違う、鳥の鳴き声みたいな呼び出し音もまた頭の中に聞こえてくるけれど、こちらも出ずに「ただいま留守にしております」というアナウンスが流れる。ピーッと音がしたあとで「今日夢に見ました、生きてますか、俺は元気です、姉さんも夢見たけどちゃんと生きてました、また夢を見たらかけまーす」と俺は言葉を吹き込んでから、ひょっとして家のなかで父親がぶっ倒れていたりするのではないかと不吉な予感がして、でもすぐに「バスなう」とメールは届く。「お前はなになう？」「新潟にいるなう」続くメールに返事すれば、「今度みんなで温泉でも行こうよ、まあ湯河原だな」となぜか話題は変わってそれは無視する。

　寝るのはもうやめて浴槽に湯を溜め、ちゃんと鍵を持ってエレベーター横の自動販売機までビールを買いに行き、ゆっくり風呂に浸かりながら飲む。風呂からあがってメジャーリーグ中継を漫然と見ているうちにチェックアウトの時間が迫って、サトコさんはやっぱり戻らないし山岡からも音沙汰はないけれど、もうこっちから連絡したくはない。身支度を整え、山岡の名前と住所でチェックインしているのだから、このままギターをわざと忘れていったって構わないのだが、それはそれで常識的にどうなんだと思ってしまうので仕方なくネックをつかんで部屋を出る。山岡様にお言づてがございます、みたいなことを言われるかと少し期待したけれど、なにごともなくフロントに鍵を返し、ギターをこのまま持ち歩くわけにもいかないので、ひとまずケースを買うことに決めて楽器屋を検索すれば、徒歩で行けるくらいのところにある。ついでに新潟に二箇所しかないらしい樹木葬を探してみると、昨日行ったところよりも規模の大きそうな霊園が見つかって駅から少し歩いたバス停から一本、一時間十分ほどで行けるみたいだ。楽器屋でギターケース、そして張られていない二弦をバラで買う。入れましょうか、と言ってくれた店員にギターを渡すと、うわ、これ、ゴブソンじゃないすか！と嬉しそうな声をあげる。ゴブソン？ヘッドのロゴを見れば確かに「Gibson」ではなく「Gobson」だった。

「いいなーゴブソン最高だなあ、マジうけるなあ」

「いやパチモンじゃないすか」

「それがいいんじゃないすか、いったいどこで発掘したんすか？楽器屋じゃないっすよね、やっぱハードオフすか、それともフリーマーケットとか？」

「あ、いや、もらいものなんすけどね」

「マジすか！ゴブソン人にあげちゃうなんてありえないわー」

よほどのマニアなのか、パチモンだというのに店員はえらく羨ましそうで、なんかもうこの人にあげたくなってしまうが、ちょっと弾いてみますかという言葉も抑えて楽器屋をおとなしく出る。駅のロッカーにリュックを預けて、久しぶりにギターケースを背負ってみると、あー、はいはい、なるほどね、この感じね、と妙な懐かしさを覚える。「もうしわけない」バスに乗れば山岡から短いメールがくるけれど、もちろん返事はせずに削除して連絡先も消してしまえば、「いまどこにいる？」と続くメールから「山岡」の名前はなくなって、だけど「ゴクウノゴでサトル〜」と読めるアカウント名が出てくるから、どこまでもどこまでもどこまでもウザい。


「どなたかのご供養ですか」

「え」

「誰か死んじゃった人にわざわざ会いに来たんですか」

「まあ、はい」

「墓に来てんですから当たり前か、わかりきったことを聞いちゃってどうもすいません」

「いや別に」

「血縁の方？」

「あ、いや、なんか友達が、ここにいるらしいって聞いたんですけどね」

見つからなかった名前をなおも探していると、背後からやってきた近鉄バファローズのキャップをかぶり、首に白いタオルを巻いたスウェット姿のおっさんに話しかけられてうろたえつつ、またしても友達だと言ってしまう。お茶いりますか、はい？お茶いるかって聞いてんだけど、あ、どうも、ぶら下げたビニール袋からペットボトルを差し出されてつい受け取ってしまう。冷えていないしラベルもなく抹茶みたいに濁っているが、自家製だろうか。自分の分も出してビニール袋をポイ捨てしたおっさんはふらふら芝生のまわりを歩き、立ち止まったりしゃがんだりして樹のほうを見る。墓を管理している人だったりするのだろうか。こっちに引き返してくると暑いねえ、まいっちゃうねえ、こんなに暑いと年寄りはじゃんじゃん死ぬよねー、まあ年寄りが死ねば国も年金払わないでいいわけだから、わしわし死んでもらったほうがいいよねー、むしろ国が率先して間引いていくべきだよねー、などとよからぬことを言ってお茶をぐいぐい飲む。

「あ、わかった、わかっちゃった、ひょっとしてお友達がいないんでしょ」

「どうもそうらしいです」

「やっぱりそうか、とことん冴えてるなあ僕は、ね、冴えてるでしょ？」

「そっすね」

「今からハーバード大学とか受験しようかな、合格すると思わない？」

「頑張ればいけるかもしれないっすね」

　バス停にはちゃんと「霊苑前」とあったし、昨日行ったところとは比較にならないぐらい敷地も広く、案内図には区画を示す番号が30も割り振られていた。入口から「樹木葬墓地」と示されているところまではそれなりの距離があり、昨日は誰も見かけなかったけれど、墓参りをしている人たちが結構いて、すれちがえば会釈もする。ギターケースなんて墓地には似つかわしくないものを背負っていても特に不審な目で見られることはなかったが、辿り着いた樹木葬の一帯は予想に反してだいぶ狭く、昨日は芝生が二区画あったけれどその一つ分くらいの広さしかなかった。それでもその区画自体が樹で囲まれた小高い場所にあって小さな森のようになっており、他の墓とは隔離されていたから雑な扱いではなかった。何よりもシンボルツリーが昨日よりもずっと立派でちゃんとした樹だったし、芝生にはスプリンクラーが埋め込まれ、水が撒かれるところを見れば、これは信頼できるしっかりした樹木葬だと思う。そして昨日と同じように芝生の前には花を供える水が張られた石の台があり、その台と向き合うように赤と白の小分けの羊羹みたいな人の名前が刻まれた石がはまっている掲示板が配置されていて、その数は昨日よりもはるかに多かった。けれどここにも「文武」の文字はない。

「まあでも、必ずしも全員の名前があるわけじゃないからねえ」

おっさんはのんびりとそう言ってタバコを吸う。お兄さんも吸うかい？と聞かれてことわれば、最近の若い人は本当にタバコ吸わないよね、まあ吸わないほうがいいに決まってるけどね、俺なんかタバコの吸いすぎで近いうち死ぬんだよ、だって十歳から吸ってるからさ、もう肺がボロボロでね、そりゃあ死ぬよね、年金ももらわずに死ぬんだよね、まあ年金なんか払ってないからどうでもいいんだけどね、とおっさんは一人でしゃべって納得する。死ぬ死ぬ言いまくるのはやめてもらいたいが、それはともかく、全員の名前があるわけじゃないとは聞き捨てならない。埋葬されていることを知られたくないみたいな理由で名前を残さない人がいてもおかしくはないとして、だけどもしサトルさんが葬られていてもそれを秘匿しているのなら、あるいはなんらかの理由で名を連ねていないのならば、最初からこの試み自体が意味をなさないことになってしまって、いや別にそんなことは俺自身にとってはどっちだっていいはずなのに、ここまで振り回されたとあっては勘弁ならず、名前がない人もいるってどういうことなんすか、マジで言ってんすか、とおっさんを責めるように問い詰めてしまう。その勢いに気圧されたのか、あー、いやいや、ごめん、間違えた、それはない、そんなことはないよ、ついテキトーなこと言っちゃったんだよ、とおっさんは自分の発言を即座に撤回し、イチ、ニ、サン、シ……と白い名前を数えていく。そして数え終えるとまた頭からはじめてもう一周、さらにもう一度同じことをして、いったい何をやってんのかと思うが、うん、やっぱりそうだ、死んだ人の名前は全員ちゃんとあるよ、間違いないね、と自信ありげに言ってわけがわからない。

「どっちなんすか」

「だから、いま数えてみたけどね、死んだ人は全員いるよ」

「マジすか？」

「マジもマジ、大マジだよ」

「ここに葬られている人は絶対に名前があるってことなんすね？」

「そうだよ、命賭けてもいいよ、まあ、どうせもう長いことないけどね」

　小学生みたいなことを言いだすこのおっさんが万が一にも樹木葬に関わる人だとして、葬られている人の数を正確に覚えているなんてことは普通考えられないが、なんにしたって「文武」という名前は見つからないのだから同じことだ。山岡の情報が間違っていたのか、もしや何もかもがすべてウソなのか、そんなことは最早どうだっていいなんて割り切れず、でも今更追及してやろうなんて意思もなくて、だけどせっかくならサトルさんの名前を見つけてこんなにも振り回されたことを愚痴るくらいはしたかったが、おっさんはタバコの火を誰かの名前でもみ消すという死者をとんでもなく貶めることをして、けどさ、樹木葬を選ぶ奴なんてそもそも生きてる価値もない貧乏人しかいないからね、わざわざお参りに来るだけ時間の無駄ってもんだよ、なんてさらに倫理観の破綻した言葉を重ねるから、霊園とは関係ないどこからか紛れ込んでしまった狂人なんだろう。

「お兄さんが背負ってるそれ、ギター？」

「そうですけど」

「へー、お兄さん音楽やってる人なんだ、かっこいいね、モテるでしょ」

「いや、音楽はやってないです」

「じゃあなんでギター持ってんの、墓で弾いたらさすがに迷惑だよ」

「あ、だから、その友達のギターなんすけどね」

「あー、みじめに死んじゃったお友達が音楽やってたんだ」

「まあ、はい」

「メジャーデビューしてるの？」

「いや、なんすかね、知る人ぞ知る、みたいな感じだと思うけど」

「へー、お兄さんはジュン・スカイ・ウォーカーズは知ってる？」

「名前ぐらいは」

「グロリアーアイニージュラーブって、それはＺＩＧＹＹだっけ、だよね？」

「ごめんなさい、ちょっとわかんないんですけど」

「そんで、お兄さんはどこから来たの」

「いちおう東京です」

「いちおうってなに、自慢？」

「や、別に意味はないですけど」

「俺もね、ずっと前に東京住んでたんだよ、小岩ってわかる？」

　小岩に住んでた頃にさあ、っつっても、もう三十年近く前だけど、うっかり人殺しちゃったんだよね、いやうっかりはウソか、完全に殺そうと思って殺したんだけど、殺しちゃって、だからこっちまで逃げてきたんだよね、って、お兄さんは僕の話を信じないだろうけど、でもホントのことなの、マジで人を殺したの、でっかい枝切バサミで首をグサッと刺したの、いや実際はグサッなんて小気味いい感じじゃなくて、沼に足をつっこんで引き抜くみたいな、めんどくさくて気持ち悪い感じなんだけど、刺したあと首をちょんぎろうか迷ったけど、切ったら切ったで首をどうすればいいかわかんなかったからそれはやめて、死体は公園の便所に頭を突っ込ませるみたいにして捨てたんだけどさ、でもね、結局バレなかったんだよ、まあ、そいつ、俺が殺したのはホリカワって奴なんだけど、はっきり言って誰に殺されてもおかしくないようなドスケベクズ野郎だったからさ、俺がやらなくてもいずれは誰かがやっただろうし、だからむしろいいことしたと思ってて、今でも酒をめちゃくちゃ飲んだりしてるときにホリカワを殺したときのことがよみがえってね、うわーやってやった、俺めっちゃやってやったわー、すげえいいことしたわー、世界のためにやってやったわーって気持ちが昂ってね、北の国からとか寅さん見てるときみたいにさ、とにかく泣けて笑えるんだけど、マジでホリカワはろくでもない奴だったからさ、たぶんまともに捜査もしなかったんだよね、けどでも、人殺してつかまってない奴なんてたぶん二万人くらいいるよね、お兄さんもそう思うでしょ、ってか、もしかしてお兄さんも人殺しじゃないの？その友達のこと殺しちゃったんじゃないの？などとネジが外れたことをダラダラ言っておっさんはニカっと俺に笑ってみせ、キャップのツバを後ろにしてかぶり直し、芝生にズカズカ足を踏み入れる。そして樹にたどり着くと叩いたり蹴ったり、少し距離を置いて眺めたり、芝をむしったりした。ギターケースをおろしてベンチに腰掛けてお茶を飲んでみる。なんだかわからないが、口の中でむわっと広がっていくこの感じはどう考えても酒だ。人殺しちゃって発言からまさか毒でも入ってんじゃないかとビビりながら、おーい、おーいと無邪気に手を振ってくるおっさんをiPhoneで撮影する。雷が落ちたらどうするのというさっちゃんの疑問が浮かんで、おっさんに聞いてみたくなった。

「友達はいないかもしれないけどさ、他にも死んだ人はいっぱいいるからね」

かわりにその人たちを悼んでやってよということか、芝生から出てきたおっさんはなにやら感慨深げに言った。そして樹のほうに向かって目をつぶり、手を合わせる。タバコの火を人の名前でもみ消したり、殺人を犯して逃げおおせたりする人が何を言い出すのかと思うが、まあサトルさんのことだってまるで知らないのだから同じかと俺も手を合わせ、なんか、関係ないのに来ちゃってすいません、とりあえずよろしくお願いします、っていうか、ここにいるのかいないのか知らないけど、山岡をどうにかしてやってください、いっそ山岡をそっちに連れてってやってください、サトルさんがいないとあいつは生きてる意味がないらしいので、あいつを楽にさせてやってください、などと挨拶しつつ祈る。目を開ければ、おっさんはまだ手を合わせていて、何か唱えるように口元がもぞもぞと動いている。

「お兄さんさ、生まれ変わったらなんになりたい？」

「なんだろ、なんだかんだ人間がいいんじゃないですかね」

「俺はね、シャチになりたいんだよ」

「シャチ」

「シャチってさ、海の中では無敵なんだって、いいよねえ」

「へえー」

「もしここが海で俺がシャチだったら、お兄さんも俺に食われてるってわけだ」

「そっすね」

「よかったね、お互い人間で会えて、俺に食われなくてよかったね、お兄さん」

ポケットからまんじゅうを一つ出して、俺にくれたおっさんはピッチャー第一球、投げました！と言ってから振りかぶり、もう一つを芝生に放り投げた。そしてホリカワ殺したって話だけどさ、誰にも言わないでね、言ったらお兄さんをブッ殺さないといけなくなっちゃうからねー、と照れたように笑って近鉄バファローズのキャップも芝生に投げて去った。小学生の頃、学校からバス停までの道を友達と一緒に通学帽を投げて、到達した距離まで進める遊びをしたのを思い出す。ツバを帽子の内側に折ってブーメランみたいな形にするのが主流だった。おっさんが見えなくなったことを確認して俺も立ち上がり、まんじゅうというか和菓子全般が嫌いなので、ピッチャー第二球、投げました！とアンダースローで投げれば花を供えたりする台に直撃する。拾ってそっと芝生に放り込む。ペットボトルも捨てる。ケースからギターを出して二弦を張ってみる。ワインダーとかいう名前だったか、ペグにかぶせてクルクルまわすアレはないので手でまわす。まわしながら、そういやチューニングはどうするのかと思って、いや、なにをいちいち気にしているのか、演奏するわけではないのだからどうでもいいはずなのだが、どうでもいいからこそちゃんとしたいという謎の気分も沸き起こる。それでチューナーの無料アプリをわざわざダウンロードしてみるものの、弦はだいぶ錆びているのでチューニングしているときに切れてしまえば元も子もなく、二弦もいい加減に張ってペンチもないから先端は輪っかにしておく。弦を張り終えるとついそうしたくなってしまってストラップをかけて立ち上がると、シンボルツリーの方にある反対側の入り口にいた男と目が合う。慌ててギターを降ろしてベンチに無造作に置く。こちらにやってきた男は俺に向かって軽く会釈すると、白い花を石の台に供えて樹に向かって手を合わせた。ひどく暑いのに長袖のペイズリー柄のシャツを着て第一ボタンまでちゃんと留めているし、ダボダボの赤いカーディガンまで羽織っている。コーデュロイのズボンはだいぶ丈が長いが、その先はなぜか素足だ。めちゃくちゃ痩せていて顔色がずいぶん悪そうに見える。金髪坊主になる前の山岡よりもずっと長い脇ぐらいまである髪を一つに結んでいる。男は祈り終えるとおっさんのように芝生のなかに入って行き、やはり樹を触ったりもたれかかったり、力士の稽古のように突っ張りを繰り出したりしてから寝転び、立ち上がってきれいな側転まで決めるから呆れてしまうが、ひょっとして普通に芝生のなかに入っても構わないことになっているのだろうか。俺が知らなかっただけで樹木葬ってそういうものなのか。昨日のように「立ち入り厳禁」といった立て札は確かにないが、樹が葬られている人全員のシンボルになっているように芝生全体がお供え物を放り込むスペースになっていて、後から管理の人が回収でもするのだろうか。すいません、なんでギター持ってるんですか、戻ってきた男に問われて、それはまあそう思うだろう。

「友達のギターなんですよ」

「友達に会わせにきてあげた、みたいな感じですか」

「まあ、そんな感じです」

「なんでそんなつまらないウソをつくんですか」

「なにがですか」

「ここに葬られているのはすべて七十五歳以上なんですよ、つまりあなたのお友達にあたるような人はいるはずがないじゃないですか」

　男は親指と人差し指で顎を撫でながらニタニタ笑って、さっきのおっさんのように死者を把握しているふうなことを言ってくる。まさかこの男こそが霊園関係者なのか！などと思うはずもなく、また別タイプの狂人なんだろう。サトルさんは五十五歳とか言っていたからそんなに若くもないのだが、どういう論理で埋葬されている人は七十五歳以上に限定されるなんてハッタリをかましてくるのか、理解が及ばなさ過ぎて気分が悪くなってくる。いっそ友達は九十三歳なんです、九十三歳の友達がいてはいけないんですか、バカにするんですか、などと開き直ってやろうかと思ってしまったが、あなたは本当に墓参りに来たのですか、なにか違う目的があるんじゃないですか、なんて厭味ったらしく迫ってくるので、あー、はいはい、ウソです、友達とかいないです、単にギターを捨てに来ただけです、面倒になって俺はさっさと本当のことを言ってしまう。

「ギターを捨てる？」

「そうっすよ、いらないから捨てる、それだけ、なんか問題あんの？」

「問題しかないでしょ、ここはゴミ捨て場じゃないよ」

「でも、なんか色々捨ててあるし、ギターも木でできてんだから別にいいっしょ」

　いい加減なことを言って俺もギターを手にして芝生に足を踏み入れる。シンボルツリーを斧で切り倒すようにギターを思い切りぶつけてみたくなったりするが、バチが当たったら嫌だなと立てかけるだけにしておく。ふと思いついて、山岡の封筒から一万円札三枚を並べるようにして弦に挟む。いや俺の金じゃないのだし、もうちょい奮発するかともう二枚追加して写真を撮る。距離を取って、俺もずいぶんイカれてしまった、毒されてしまったなあと思って少し笑いながら樹に向かって二礼、二拍手、そして目をつぶり、今度はサトルさんではなくここに葬られているすべての死者のことをなんとなく思って手を合わせる。えー、あの、俺には友香っていう、別れた妻がいるんですけど、友香の浮気がきっかけで別れたのにまだ好きなんですけど、自分でも引くくらいめちゃくちゃ好きなんですけど、顔がとにかくかわいくて、マジでかわいくて、あんなかわいい人はいねえなって、マジで思ってて、だからまあ本当に好きなんですけど、それで今は妊娠していて、もちろん俺との子ではないんですけど、でも、どうか一つ、無事に子供が生まれるようによろしく頼みます、お願いします、なんか三つ子らしいんですけど、もし女の子がいたら友香そっくりに生まれてくるように、どうかよろしくお願いします、あとついでに俺の人生も、なんていうか、いい感じになるようによろしくお願いします、なんて頭の悪いお願いをして最後に深々と一礼して芝生を出る。

「なにを祈ってんのよ」

「別れた妻の子供が無事に生まれますように」

「いや、ここはそういうところじゃないんだけど」

「かたいこと言うなよ、死んだらみんな神様になるんだろ」

「残念、樹木葬は神様になれないんだよ、名前だって生きてるときのままだろ」

「なんでもいいんだよ、祈れさえすれば」

「ってかなに、奥さんと別れたんだ」

「でも好きなんだよなあ、すげえ好きなの」

「浮かばれないね」

「マジでね」

男の隣に腰かけて、もう一度掲示板の名前を確かめてみようと思うが、何度見たってないものはないのだからやめる。これ、俺のじいさんとばあさん、男が指さすところに同じ苗字の白い名前が隣り合っている。それが普通にうらやましい。樹に葬られることはどうでもいいし神様になんかならなくていいが、この小分けの羊羹みたいな石に名前が隣り合っているのはとてもいい。これだけで樹木葬はありだという気がしてくる。なんとか院なんちゃらみたいなやつではないし名前を撫でることもできるから、さっちゃんも納得するんじゃないか。俺が生まれてすぐに親が心中しちゃってね、そんでじいさんとばあさんに育てられたんだよね、男の唐突な身の上話をしばし聞く。俺もどういうわけか友香と別れた顛末を話せば、慰謝料もらったの？とやはり問われる。もらったよ、いくら、んー、五百万ぐらいかな、そんなにかよ、すげえな、意味もなくウソをつけば男は驚いたが、いやでもそれはダメだろ、これから子供が生まれてくる人から五百万も取るとか、鬼だよあんた、人として一番やっちゃいけないことだろ、鬼畜過ぎるよ、なんてひどく蔑まれる。

「浮気されたのは俺のほうなんだけど」

「浮気されたほうにも問題があるんじゃねえの」

「いじめられる側にも原因があるってか」

「いやまあ、それは撤回するけど、でもさ、子供が生まれてくることを考えたら普通は金取ろうなんて思わないだろ、俺だったらむしろお祝いに金渡すけどな」

「それは逆に怖いだろ」

「つうか、さっき無事に生まれてとか祈ってたんじゃないのかよ、しかもまだ好きなんだろ、おかしいじゃんか」

ああそうだ、確かにそれは矛盾してるなと自分でもそう思って、でもだから慰謝料うんぬんはウソなのだが、金は奥さんに返しなよ、そうしたほうがあんたの人生的にも絶対いいって、な、わかったか、金は返すんだぞ、絶対に返せよ、と男は俺に言い聞かせるように念を押して立ち上がり、ずんずん歩いていく。と、立ち止まってこっちを向いたかと思えば、この金の亡者が！地獄へ落ちろ！お前みたいな奴がいるから世界がちっともよくならないんだよ！死ね！早く死ね！自分に保険金掛けて自殺して奥さんの子供にくれてやれ！なんてむちゃくちゃに俺をディスって走り去った。俺も樹木葬墓地を出ようとすればギターはもう倒れている。芝生に入ってまたギターを立てかけ、金の亡者とか言われたので挟んでいた五万円を回収して樹に蹴りを入れる。バスを待っている間、さっちゃんに電話をかけて、これから京都でも行こうよと誘って東京駅で待ち合わせることに決まる。バスのなかで眠り、夢で友香と一緒に夕ご飯を食べながらテレビを見た。よく冷えた缶ビールを飲み、友香の好きな麻婆豆腐を辛い、辛いと騒ぎながら食べた。夏だったから俺も友香もパンツ一丁だった。扇風機がまわっていた。まだ外は明るかった。私たち幸せだよね、と友香は言った。俺もそう思ったのに、でもお前、浮気するじゃん、俺の顔が一番好きとか言ったくせに浮気するんじゃん、と突っぱねてしまう。新潟駅について新幹線のチケットを買って友香に電話をかけた。

「慰謝料、もらっていい？」

「いらないんじゃなかったの」

「なんか知らないけど、欲しくなっちゃって」

「いいよ、悪いのは私だし、いくら払えばいい？」

「テキトーに、いくらでもいいから連休中にポストに放りこんでおいて」

「オッケーオーライ」

「じゃあね」

もう少し話したいことがあるような気はしたけれど、これ以上はもう言葉が上手く出てこないだろうから電話を切ろうとすれば、慰謝料ついでにお願いがあるんだけどさあ、と甘えた声で友香は言う。慰謝料ついでってなんだよと笑えて泣けてくるが、聞けばあなたの写真が欲しい、なんでもいいから送ってと言う。いいよと電話を切って、サトコさんに撮ってもらった墓の前に立つ写真を送る。送ってみて、なんなんだこの写真は、さっぱり意味がわからねえよと喜びがこみあげてくるけれど、墓に刻まれた「ありがとう　ありがとう　ありがとう」に友香への想いがはっきり現れているようで、それはそれでどうなんだと思ってしまって、だけどそんなことよりもこの写真は誰かに撮られたことがはっきりとわかってしまう構図になっているから、「最近できた男友達に撮ってもらいました」なんて言い訳のようなメールも送ってしまう。

初出作品一覧

銭湯　「ことばと」vol.6

Ｍａｘとき　書き下ろし

■著者プロフィール

福田節郎（ふくだ・せつろう）

1981年神奈川県生まれ。

「銭湯」で第４回ことばと新人賞受賞。

銭湯

2023 年 5 月 20 日　第 1 刷発行

著者　福田節郎
発行者　田島安江
発行所　株式会社 書肆侃侃房（しょしかんかんぼう）
〒 810-0041 福岡市中央区大名 2-8-18-501
TEL 092-735-2802　FAX 092-735-2792
http://www.kankanbou.com
info@kankanbou.com

編集　田島安江
ＤＴＰ　黒木留実
印刷・製本　モリモト印刷株式会社

ISBN978-4-86385-577-9 C0093

日本音楽著作権協会（出）許諾第 2302433-301 号